さくら、うるわし

左近の桜

長野まゆみ

角川文庫
22502

目次

その犬に耳はあるか

1

夜明けがちかい。まだ街灯がともる川べりの道を、桜蔵《さくら》はひとりで走っていた。暗がりに、湿り気をおびた木の香がただよう。芽吹きの季節は、幹や枝がたっぷりと水をたくわえている。走っている身のうちにも、うるおいが満ちてくるのが心地よかった。

川の流れは、小石を洗いつつかすかな音をたてている。一時は泥のような色をして、いくつもの澱《よど》みをかかえこんだ排水路となっていたが、コンクリートの護岸をとりのぞいたいまは、濁りのない水が流れている。

清らかとはいえないまでも、田園のなかにあった昔の姿をいくらかでも連想できる。

その両岸に遊歩道がつくられている。車はとおりぬけできず、人と自転車の専用である。

あたりが明るくなれば、散歩をする人や飼い主につれられた犬が通る。夜明けまえのこの時刻は、影にまぎれてうごめくものが生き生きと這いまわっている。汀《みぎわ》に植えられた桜の花が吹きこぼれ、川面に浮いて運ばれてゆく。

その花いかだに、うろこを光らせた蛇が身をうねらせている。一瞬そうみえて、桜蔵は息をのんだが、よくよくながめれば、ネクタイか帯のようなものである。蛇と思えたのは、薄明がみせたまぼろしだったのだ。

このあたりに暮らしはじめてまもない桜蔵には、目に映る風景がまだめずらしい。高校を卒業したのち、母と弟とで暮らしていた家をでて、父の柾《まさき》やその本妻と同居することとなった。桜蔵は柾の庶子である。だからといって、不自由だったことはほとんどなく、たいした不満もなかった。

いくらか心にかかるとすれば、死者とも生者ともつかない何ものかをたびたび招きよせてしまう桜蔵の因果を、柾がかたくなに語らないことや、弟の千菊《ちあき》の実父であるのは容姿の類似によって確実ながら、おそらく桜蔵とは血縁がなく、真の父親がだれかを知りつつ黙っていることだった。

だが、桜蔵は出自を気にかけているわけではない。柾の家での暮らしも順調だ。本妻の遠子《とおこ》とは、ずっと以前から親しくしている。小旅館のきりもりに追われる実家の母よりも、遠子と出かける機会のほうが多いくらいだった。

　遠子は大らかであけひろげの人物である。いくつもの事業を手がけるかたわら、手弁当の奉仕もし、頼まれれば人助けもして、おおいに忙しい。そのくせ、閑《ひま》をもてあましているかのごとくふるまう根っからの社交族なのだ。

　医者の妻としての自覚はほとんど、どころかまるでなく、そのためには働かない。柾の風変わりな遊び癖は百も承知で、手《た》づなをつけておくこともしない。桜蔵の弟の千菊は、遠子の傑出した女っぷりに怖じけづくところがあって、あまり近よらない。もっとも彼は、父の柾にもいくらかの屈折した思いをかかえている。まだ甘えがゆるされる年ごろなのだった。

　その弟を桜蔵は電話で起こす。女の細腕で家業をささえる母を助けるために、ひさしく桜蔵が担当していた早朝の庭そうじや洗濯を、千菊にさせなければいけないからだ。兄弟で住まいが別になったので、それぞれ携帯電話を持つようになった。

　眠りがやけに深い千菊は目ざめるのに時間がかかり、起きあがったのちも意識はしばらくはっきりしない。本人のことばを借りれば、まぶたの奥にまだらの蝶がいて、それがじゃまで目をあけてもよく見えないのだ。

「……蔵兄《くらにい》？」

ねぼけた返事をする。桜蔵は、しっかり目をさませよ、と声をかけて電話を切った。

いっぽうで自身の意識は、たったいま走りながらうっかり踏みつけたものにとらわれていた。

晴天つづきで、葉むらがふらせる朝露もすぐにかわくほどの道なのに、水しぶきが飛んだ。水分がのこったペットボトルだったのかもしれないが、もう少し弾力があるものだった。桜蔵はたちどまり、踏みつけたもののところへひき返した。

2

黒ずんだかたまりがある。しかも、ひらたく伸《の》されている。桜蔵はとっさに、自分のスニーカーの靴底をたしかめた。犬猫のさがりものを、踏んだのではないかとおそれたのだ。泥とそれとの区別はしがたくも悪臭がなかったので安心し、あらためて黒々としたもののそばへよって、のぞきこんだ。

黒い糸の束のようである。植えこみのあいだから、うねりながら這いだしている。桜蔵はその行方を目でたどったが、暗がりに融《と》けこんで、全容はわからなかった。あとから通る人への親切心で、端へ寄せておくことにした。

手でつかむ気はしないので、足をつかった。そのさい、植えこみの細かいとげのある小枝がジャージにひっかかった。はらいのけようと、足をふるったところ、こんどは黒い糸がスニーカーにからみついた。

力まかせに引く。ずるり、とした感触をともなった。なにか重たげなものを引きずっている。なんとかふりほどこうとしたが、黒い糸は、かえってからみつき、さらにずるずると引く始末となった。ついには足もとへ、ごろん、となにか転がりでた。

それは頭だった。長い黒髪がみだれている。植えこみにもぐっていたものが、桜蔵の足に引っぱられて、姿をあらわしたのだ。

薄闇《うすやみ》に映えて光るのは肌の白い顔だった。うつろな目がさだまらないどこかをみつめている。地面に転がってもなおシンメトリイにととのった顔だちと、ゆがみのない輪郭が、生身の人間ではないことを物語った。マネキンである。

なかばひらかれた唇のなかに光がひそむ。水がたまっているらしかった。唇がうるおって、ありもしない生気をただよわせた。しばらく雨ざらしになっていたのかもしれないが、そのわりに顔は白いままだ。

よくみれば、首だけでなく、胴体もあった。マネキンは冬の身じたくである。マフラーのようにたっぷりと首に巻きつくハイネックのセーターだ。かつては起毛していたのだろう。猫のアンダーコートのように、ふわふわした綿毛が、ところどころにのこる。薄闇では灰いろがかったピンクにみえる。

グレイの地に銀ラメとビーズをあしらったニットスカートは腹まきなのかと思えるほどみじかく、ファッションモデルなみの、ほこらしげにかたちのよい脚をあらわにしていた。

マネキンゆえなのか、盗まれたのかは不明だが、下着を身につけていない。むろん、そこにあるのは秘するまでもない、ただの脚のつけ根だった。ただし、欠けているのではなく、未分化なのだといいたげな、あいまいさである。いまは、女の姿《なり》だから女と思えるが、男装すれば男になるのかもしれない。

ゆったりしたセーターなので、胸のふくらみがあるのかどうか、はっきりしない。近ごろは、胸もとがゆらぐマネキンもある。気絶した生身の女なら、桜蔵はセーターをめくってたしかめようという気を起こしたかもしれない。だが、マネキンと承知して手をだすほど、彼も酔狂ではなかった。

　はだしの足のうらは、きれいなままだ。これが死体ならば、室内で息絶えたのち、ここへ運ばれたと推定されるだろう。中ぞらにまだ下弦の月があり、それがマネキンの眸《まなこ》に映っている。樹脂でできているのだろうが、うるんだように、つややかだった。

　マネキンは小道をふさいでいる。もとどおり路肩へよせておくべきであろうが、さすがにこれほど擬人化されたものを足であつかうのは気がとがめた。桜蔵はマネキンのかたわらへひざをつき、行きだおれの人を抱きおこすように、からだのしたへ腕をくぐらせてマネキンの頭を肩にかかえた。

　だが、そのとたんに、かかわりになったことを後悔した。遺棄されるものには、理由があるのだ。マネキンの胴体が、まともな状態でないのはすぐにわかった。泥のようにやわらかい。頭だけが、なんとか姿をたもっていたにちがいない。

　桜蔵の腕のなかには、もはやかたちを成さず、つかみどころを失ったかたまりがあるだけだった。どんな素材でできているのかは知らないが、うわべからは想像もつかないほどぐったりとしている。

　つきたてのモチのごとき異物を桜蔵がもてあますうち、マネキンは鼻と口から墨汁のようなものを吐いた。それも、ただ垂れながすのではなく、勢いよく噴いたのだ。

よけそこねた桜蔵は、それを顔にあびてしまった。思わず袖でぬぐい、ばかなことをしたと悔やんだ。

袖口に黒々としたものがこびりついている。顔もおなじであるにちがいなかった。べとつくかたまりもある。枯れ葉を熟成させたようなにおいがする。桜蔵は洗濯についやす時間と手間を思い、ゆううつになった。

3

そのやっかいなものを、彼はなんとか退《ど》けようとしているのだが、はたせずにいる。持ちあげても、べっとりとジャージに粘りついて、上《うわ》っ面《つら》だけがモチのようにのびるのだった。

ずっしりと持ち重りがする。はじめは水をふくんだ毛布ぐらいであったものが、いつしか生きた女とおなじに思えるほど重くなった。おかしなことに、ぬくもりもある。いまや桜蔵の体重をもしのぐ。のしかかられて、抱きあったままともども地面にたおれこんだ。

マネキンの重い頭が桜蔵の顔にかぶさってくる。よけそこなって唇がかさなった。ばかげたことに、マネキンが桜蔵の口をさぐるのだ。あきらかに、マネキンの口はただのうつろではなかった。舌もある。

桜蔵はたじろいだ。彼の口を吸い、もたれかかってくるものは、どう考えても生きた肉体である。しかもそれは、まぎれもなく男のかたちをしている。桜蔵はどこかで、とほうもない錯誤をしでかしたのだ。暗がりのなかで、人間をマネキンだと思いこみ、今になってようやくまちがいに気づかされた。

黒髪と見えたのは、枯れたつる草かなにかで、それが足にからまったのであれば、草をはらいのけてたち去ればよかったのだ。ところが桜蔵は、植えこみのかげで眠りこんでいた者を、わざわざひきずりだしてしまったのである。

浮浪者か泥酔者かはわからない。いずれであっても、吐きだされたもののことをかんがえて、桜蔵は沈痛になった。いまはまだ気が動転していて、自分があびたものがなにかの判断すらできない。嗅覚も触覚も鈍っている。

男から離れることを優先した。巻きつく腕をほどこうとしていたさなか、耳もとで声がした。

「……あがくな。ゆっくりしていけ」

桜蔵はのがれるまもなく、うしろ抱きにされた。肌ざわりを生々しく感じたのも道理で、ともに服を着ていなかった。脱いだおぼえはない。夜明けまえとはいえ、路上ではだかになるはずもない。

男のからだがふるえた。笑い声をたてたのだった。うろたえる桜蔵の首すじに口づける。

「おれの妻になってくれ」

「ふざけるな。よく見ろ、酔っぱらい。あんたがつかまえたのは男だぜ」

「口の悪い女は好きだよ」

男の手は桜蔵のまえをさぐっていて、それでも女だというほど酔っているのだ。しかも大男というわけではないのに、小柄でもない桜蔵をその腕につかまえて、動けなくする。酔った勢いとは始末の悪いものだった。

「いいことを教えようか。娶《めと》るというのは、そもそも耳を切りとることだったんだ。字のかたちがそれをあらわしている。女の耳を手でつかむんだ。……こんなふうに。否も応もなく」

耳といいつつ、男はさきほどから、べつのものをつかんでいる。そのせいで、桜蔵は悪態もつけない。口をひらけば、よけいな声がもれてしまいそうだった。この痴《し》れもの、どうやらナイフは持っていないらしい。桜蔵はひとまず、ほっとした。酔うにもほどがある。

桜蔵は男の腕をはらいのけようとしたが、それよりはやく耳をくわえこまれた。

「……なあ、ここがからだのどこと通じていると思う？　さわられると、そっちもうずくだろう？」

桜蔵は男の息吹をかんじて、身ぶるいした。実際に歯で耳をかみ切ることができるとも思えなかったが、血がふきだすくらいはありえるだろう。なにしろ相手は酔っぱらいなのだ。かげんもなにも、あったものではない。桜蔵は男を刺激せずに、のがれるすべをさぐった。

「どうしたいんだ？」

「きいてくれるのか？　うれしいね」男の気がそれて、まえをさぐるのをやめてくれたのは、桜蔵にとってさいわいだった。ひと息つく。男は桜蔵の耳に口をつけてしゃべりはじめた。

「実は、ついさっきのことなんだが、車にはねとばされたんだ。腰はくだけ、耳はちぎれ、鼻はつぶれ、皮はさけて、さんざんな目に遭った。そこへちょうどよくこの男が通りかかったので、のりかえたのさ。酔っぱらいだったから、わけなく入りこめたよ」

「つまり、あんたはその男のからだに相のりしてるのか？」

「そうなるね。だが、この男が目をさますまえに、おれが独占するつもりだ。それには、女の手助けが要《い》る。タマシイを喰う鳥を呼びよせる声を持っているからな。その鳥に、こいつのタマシイを喰わせれば、このからだは晴れておれひとりのものだ。女が鳥を呼ぶ声は、特別なときにしか出ない。エクスタシーに達したときさ。そう聞けば、おれがどうしたいか、わかるだろう？」

　まともに聞く、だけ、ばからしい。酔いがさめればこの男も、おのれのふるまいを恥じるにちがいない。よくもここまで正気を失くすものだと、桜蔵はあきれて男をながめた。

　暗がりではあるが、こんな醜態にもかかわらず、男はからだつきもよく、顔だちにも知性がうかがえた。浮浪者ではないのだろう。酒に溺れさえしなければ、それなりにまっとうな暮らしをしているにちがいなかった。

　桜蔵は理屈をこねて、男のすきをうかがうことにした。

「こういってはなんだけど、人は死んだらよみがえらないという事実を受けいれるべきじゃないか？」

「それだって、非業の死はあるはずだ。そういう死にみまわれたら、すんなり黄泉《よみ》路につくわけにはいかない。浮き世に未練があってあたりまえだ」

たしかに、と思いつつ、桜蔵にはどうにもできないことでもある。

「気のどくではあるけど、現実的にかんがえるべきだと思う。なにをもってしても死んだという事実は、変わらない。あんたはその人のからだを返して、自分のからだにもどるべきだよ。車にはねられた現場に、まだあんたのからだが放置されているなら、おれはそこへ行ってもいい。息があれば救急車を呼んで、命を落とさずにすむよう手助けする。加害者が逃亡しているのなら、目撃者をさがす手伝いをする。なにか大事なものを落としてきたのなら、ひろって身内に手わたそう。ただし、霊的ななにかを期待されても困る。そういう能力は、おれにはないんだ。少なくとも自覚がない」

相手は桜蔵の説を吟味しているのか、しばらく黙りこんだ。やがて、くつくつと笑う。

「ひとつきくが、犬に抱かれる気はあるか？」

「……なんで犬なんだよ」

桜蔵は相手になるのをやめ、男に巻きつかれたまま着ていたジャージをさがした。

ちかくにはみあたらなかった。すでに夜があけて、人目につけば申しひらきのできない姿である。

「人がくるまえに、おれのジャージを返せよ。あんたが脱がせたんだろう？　このまじゃ家に帰ることもできない」

「知らないな。おまえははじめから、はだかだったんだ」

「そんなことあるわけないだろ」

「みんなはだかで歩くさ。服を着てるのは人間どもと、バカだけだ」

「あんたは人間じゃないのか？」

「犬だ」

「そんな犬がいるか」

「耳をつければ、犬になるんだよ」

びょう、と風を切る音がして、桜蔵のからだを黒っぽいものがかすめていった。布かビニールシートのたぐいだ。ひるがえって、またもどってくる。

どこかの軒端《のきば》から風に持ち去られた傘のなれのはてかもしれない。いまは生地だけになって、飛ばされている。それをからだに巻きつけるだけでもないよりはましではないかとかんがえた桜蔵は、すっと手をのばした。

布をつかんだとたん、なまぬるい感触がつたわった。桜蔵が思いこんだような生地ではない。あわてて手をひっこめるまもなく、そのなにものかが跳ねあがり、黒い影となって桜蔵に跳びかかってきた。

獣である。のけぞって、地面へたおれこんだ桜蔵のからだに足をおく。爪はたてず、そのくせおのれの獲物だといいたげに、なめまわした。犬である。やがて、桜蔵の耳にかみついた。

叫び声をあげるのと、目ざめるのがほぼ同時だった。思わず耳があるのをたしかめた。うららかな春にそぐわない夢に、桜蔵はしばらく茫然《ぼうぜん》となった。

4

門からつづく桜並木は、春の日に茹《う》だるような気配さえみせて、しきりに花をふらせている。天も地もぼんやりとした淡紅《うすべに》にかすんでゆく。花影は、語らって歩く学生たちの肩や背をうつろい、若やいだ顔のうちにもうっすらと花のいろを宿らせた。

徒歩で通学する若者たちを追いこして、桜蔵は構内を自転車で走りぬけた。いかにも学生のような顔をして、実はこの大学に籍はなく、裏門をぬけたさきの、べつの大学へ通っている。そこは彼にとってちょうどよい近道なのだ。

自転車を走らせながら、桜蔵の意識はおかしな夢の一因となったできごとを追っていた。女友だちの真也《まや》と出かけていた日のことである。京橋から日本橋へ向かう道を歩いていた。いくつかの古いビルの裏手で、通用口ばかりがならぶ路地だった。人影もまばらである。

三月ながら北風の冷たい昼間で、ふたりして、もとからからだをよせあっていたのだが、向かい風をよけるために立ちどまったおり、ひとつのマフラーにくるまってキスをした。はじめは冷たかった唇があたたまるまで、しばらく抱きあっていた。

そのあとで、真也が「窓辺でのぞいている人がいた」といった。ビルの二階の窓である。桜蔵が見あげたときには、もう人影はなかった。

髪が長くて、黒目がちな目をした若い女、と真也は直近でたしかめたかのごとく具体的に云うのだが、桜蔵はまともにきいていなかった。通りに面した料理店ごとに足をとめ、昼の献立を吟味するのにいそがしかった。

古風な洋食レストランにきめて、そこにはいった。桜蔵と真也がテーブルをはさんで席についた窓辺の薄いカーテンごしに、向かいのブティックがみえる。そのショーウィンドーに、一体のマネキンが運びこまれようとしていた。

しゃれているが気負いのない、こなれた服装の若い男たちが、ふたりがかりでマネキンを抱えてゆく。マネキンはローズグレイのセーターに、銀ラメとビーズをあしらったミニスカートだった。

「彼女よ」真也は外を指さした。

「……なにが？」

「さっき、窓からのぞいていた人」

「マネキンじゃないか」

「それでも、のぞきはのぞきよ」

「医学生の発言とは思えないな。マネキンを擬人化するのか？」

「悪い？……ねえ、擬人化って字を書くと、すごく変な気がしてこない？　何かの授業でノートをとっているときに、ふと思ったんだけど、人形をいっぱいならべてあるような気がしたの。それも呪術につかうような、気味悪さの。どうしてかな」

「たぶん、字のなかに首や手や足があるからだ」

「そうなの？」

「化という字は、もろに死者の象形だよ。背中あわせにふたりが埋葬されている。複数形なんだ。死を意味する字としては、化のほうがより古くからつかわれていたらしい」

「字の意義が変わったのは、死のありかたが変わったからじゃない？　いまだって、宗教や社会制度がなければ、人は死なないんだもの。腐ったり、朽ちたりはするけどね」

「マネキンの話じゃなかったか？」

「いまどきは人体ダミーというのよ。教材のなんか、とてつもなく精巧にできてる。そのぶん高価だから、切り刻むのはほんもののほうだけど」

　そんな話をしながら、ふたりは平気な顔でチキングラタンを食べた。

「どうして女だと思ったのかって、かんがえてみたんだけど、生態とか機能はどうでもよくて、極端な話、生物か否かも問題じゃない。遠くからだと確認できないし、さわれもしない。要は関係性なのよ」

　真也は、さっきのマネキンのスカートのなかが男女の区別のないものだったと、運ばれる途中で目にしたそんなことまで報告したうえで、窓からのぞいていたのを女だときめつけた理由をいう。

「また抽象的なことを」

「そうかな？　具体的だと思うけど。あのマネキンはわたしのことなんか、ひとつもみていなかった。ひたすら桜蔵をみていたの。憎らしいくらいに。……だからわたしにしてみれば、あれはまぎれもない女なのよ」

「マネキンに好かれてもな」

そんなことがあって、桜蔵は夢のなかであのマネキンと再会したのだった。

5

裏門を出てすぐの通りをわたった先に、桜蔵の大学がある。彼は青信号をたしかめてそこを横断しようとしていた。中央にグリーンベルトをもうけた四車線の道路だ。この時間は渋滞しておらず、たまたま信号待ちをする車もなかった。左右とも見通しはよく、徒歩の通行人もいなかった。

桜蔵は自転車の速度を落としながら、道路をわたりはじめた。そのとき、突然なにか黒い影が飛びこんできた。地面から吹きだしたか、空からふってきたか、ともかく忽然《こつぜん》とあらわれた。

よけたつもりだったが、黒い影は幕のようにひろがって桜蔵におおいかぶさった。頭から包みこまれ、視界をふさがれる。真っ暗ななかで、道路を横すべりしてゆくのだけはわかった。

猛スピードをだしていたわけではない。それでも、黒い影をよけようとして急にハンドルを切ったせいで、バランスを失って自転車ごと横転したにちがいなかった。

そのまま、向かい側の歩道へ乗りあげてとまった。同時に闇も晴れて視界がもどった。たちあがろうとした桜蔵は、背中になにかぶらさがっている気がして、それをふるい落とした。地面に落ちたのは、黒っぽい犬だった。体長七十センチから八十センチほどの中型犬だ。桜蔵が見た黒い影の正体はこれだったのだ。

犬は目を閉じたまま、ぐったりと横たわっている。意識をたしかめるため、指先でまぶたにそっとふれてみた。子どものころ、柾に教わった方法だ。犬に意識があればまばたきをするはずだが、反応がない。からだをなでても、身動きしなかった。蘇生させる必要があるということだ。

犬の場合は、口ではなく、鼻から息を吹きこむ。ハンカチで犬の口をおさえ、鼻から空気を送る。ちゃんと空気がはいっていれば、口を離したときに、犬の肺が縮むのがわかる。それをたしかめ、しばらくくりかえす。

ありがたいことに、犬はまもなく自力で呼吸をはじめた。桜蔵はほっとしたが、骨折や内臓の損傷がどのていどかはわからない。みたところ外傷はないが、長毛種なのでたしかなことはわからない。あいにく犬種にくわしくない彼は、種類を特定できなかった。

印象では「斑《ほし》と茶のつぎはぎの毛皮をまとった、フランス系ドイツ犬」である。からだつきは精悍ながら、耳にふさ毛をたらしたり、ミックスの毛皮を身につけたり、きどった風があるからだった。首輪はないが、毛艶《けづや》のよさから判断して、飼い犬だろうと思われた。

桜蔵は柾に応急手当のあとの処置をたずねるべく、携帯電話をとりだした。直後に、けたたましくクラクションが鳴りひびいた。見ればひとりの若い女が、赤信号を無視して通りをわたってくる。

その女にたいして、青信号で通行中の車が警告を発したのだった。ドライバーはドアウィンドーから顔をのぞかせ、悪態をつきながら遠のいてゆく。女は気にもかけず、長い髪をなびかせてまっすぐに桜蔵のところへ向かってきた。

彼は夢のつづきを見ているのかと思った。女はマネキンが着ていたのとそっくりな、ローズグレイのセーターに、銀ラメいりのミニスカートをはいている。腹まきをスカートがわりにしたかのごとき短い丈も、あからさまにさらけだされた脚も、洋食レストランの窓辺でみたままの姿であり、またそのあとの夢でみたとおりでもあった。

しかも、こんどはマネキンではなく、あきらかに血のかよった人間である。その女が、なにごとかに腹をたて、目をつりあげて桜蔵のまえに立ちはだかった。彼が唖然としたのは、女の形相ではなく、マネキンとの服装の一致でもない。

あろうことか、その女が下着を身につけていないことに気づいてしまったからだった。女がヒールのある靴で立ち、桜蔵が地面にすわりこんでいたせいだ。ただし、模糊とした暗がりがあるばかりで、はっきり目にしたものはなにもなかった。

桜蔵は気をうばわれながらも、目をそらして柾に電話をかけた。若い女はヒステリックにわめきだしそうな気配を見せてはいるが、いっこうに声をたてない。そのかわり、身ぶりが示された。

犬をかかえてついて来いといっているようだった。呼びだし音がつづき、なかなか柾とつながらない。女はこの犬の飼い主なのだろう。桜並木のある大学構内へもどる気らしい。桜蔵は犬を動かすことをためらい、彼女の背にむかって声をかけた。

「……かかりつけの獣医がいるなら、動かさずにかけつけてもらったほうがよくないか？　少なくとも、状態をつたえたらどうかな」

そのあいだに、柾への電話がつながった。桜蔵は手みじかに状況を話し、意見をもとめた。飼い主らしき人物については、若い女とだけつたえた。柾はヒト科の哺乳類が専門の医師であるが、応急手当はヒトもイヌも大差ないといった。

気道の確保ができていて、出血がないようならば、毛布などにくるんで獣医のところへ運ぶのがよかろうという意見だ。むろんかかりつけ医がいるなら連絡をつけるようにと常識をのべたあとで、妙なことをきいた。

「その犬に、耳はあるか？」

耳のたれた犬である。そこだけふさふさしたくせ毛におおわれているのが特徴だ。三つ編みをほどいたようなくせ毛である。柾が器官としての耳のことをいうなら、耳はある。

だが、聴覚については判断しかねた。柾のことだから、耳とは、なにかしらの隠語かもしれなかった。

「……あるけど」

「飼い主のほうはどうだ？」

それもまた長い黒髪にかくれてよくわからない。まっすぐの髪が腰のあたりまであるが長さはふぞろいで、たてがみのような印象をうける。長かったときの真也の髪が生糸の束のようだったのとちがい、動物じみたところがあった。

女は小顔である。あのマネキンとおなじくシンメトリイな卵がたの輪郭をもち、その真ん中をすっきりとした鼻筋がとおっている。黒目がちで眼光のするどいまなざしは強情な気質をうかがわせ、それでなくとも自己主張の強そうな全体の雰囲気は、紀元前から文明国であった民族のものかもしれない。

桜蔵はここにいたって、ようやく彼女がことばを解さないのではないかとうたがった。柾にたいし、耳は髪の毛でかくれているとこたえ、また連絡をすると告げて電話を切った。

6

桜蔵は女に向かい、獣医に連絡をいれるべきではないかと英語でうながした。彼女は憤然とした表情のまま、それをも聞きすて、こんどはいきなりローズグレイのセーターをぬいだ。それで犬をくるもうとする。ありがたいことにセーターの下にはタンクトップを着ていた。ただし、それには想像を絶するもようがプリントしてあった。紅《あか》い染料がつかわれている。フィヨルドの半島の地図のような襞《ひだ》と波紋が、複雑な線を描きだしている。マンダラとトーテムとバティックとペイズリーとアラベスクのいずれかに想をえたか、そのすべてをミックスしたもののようだ。呪術的なのだ。あるいは濃密な湿潤がまといつく密林で暮らす人々の信仰により想像された聖獣かもしれない。

鳥の飾り羽や蝶の羽ではないかと思える紋や蛇の目もようがあり、光を反射してまぶしくかがやくところもある。それらが、まとう人の息づかいのままに波うち、うごめいている。

しかし、桜蔵の認識はまだ甘かった。犬をだきおこそうとする女に手を貸すためにちかづいたさい、タンクトップが彼女の肌そのものでしかありえないことを彼は知るのだ。

生地の厚みも縫製あともない。それはプリントではなく、ペインティングだ。肌に直接描かれた線は、からだの起伏にそって波うち、うねりながら這う。一部はタトゥーらしかった。つまり彼女は路上でトップレスになっているのとひとしい。
桜蔵はセーターをつかんで彼女におしつけた。それを着るよう身ぶりでうながし、彼が着ていたフードつきのジャケットをぬいで、犬のために提供した。女は反発するそぶりをみせたが、桜蔵がジャケットで犬をくるむと納得したらしく、返されたセーターを着た。

彼女が持つ文化的な背景においては、羞恥心のありかも異なるようだが、桜蔵はひとまずほっとした。トップレスの女といっしょに路上にいるところを警察官に見つかれば、無関係とはいいかねるだろう。

すでに桜蔵のまぶたには、たった今の、めくるめく図柄の残像が灼きついている。目をつぶれば、闇のなかでネオンサインのように浮かびあがる。目をあけてもなお失《う》せず、目交《まなか》いにとどまった。まばたきをくりかえしても変わらず、それどころか蝶や蛾の羽にある鳥の目を思わせる蛇の目やうねりは、ますます鮮明になってゆく。

女は桜蔵のとまどいを、冷ややかにながめている。夢ではその眸のなかに細い月が浮かんでいた。昼間のいまは、おのずから光る星を宿していた。空が暗い。じきに雨がふりだしそうだった。犬を獣医に診せるならば急いだほうがよい。

桜蔵は身ぶりに英語をまじえて、うながした。女はおのれの耳を指す。相変わらず髪でかくれていたが、さきほどからのコミュニケーションの不通を経験していた桜蔵は、それが聞こえないというサインであるのを悟った。日本語がわからなければ、読唇もできないはずである。桜蔵の英語の発音では、唇は読めないだろう。

女はさらなるハンドサインで、なにごとかを伝えようとする。こんどは桜蔵が女の身ぶりを読む立場になった。

「……電話？」

電話をかけてほしいところがあるようだった。サポートする団体があるなら、桜蔵もそこにまかせたい。彼は携帯電話を彼女に貸そうとしたが、それより早く女が桜蔵の手をつかんだ。べつの手にはボールペンを持っている。耳も口も不自由ならば、ふつうの電話では用をなさない。桜蔵もそれに気づいて番号をひかえる紙をさがしたが、彼女は桜蔵の手のひらに書きはじめた。

なにかの紋が描かれた。電話番号を記すのだろうと思っていた桜蔵は、とまどいつつも、彼女が描く線を目で追った。なにを意味するのかわからない線が、桜蔵の両方の手のひらを行き交った。それは勢いあまって手首にまで達し、一周してまた手のひらにもどる。

桜蔵があやしんだときには、もう両手首がむすびあわされていた。線ではなく、ほそい紐が巻きついて手首や指をしめつける。

「……おい、なんのつもりだ？」

語気を強めてもむだだった。聞こえていない。桜蔵は目で抗議したが、女はそしらぬ顔をする。いつのまにか、足にも紐がまきついていた。ふりほどこうとしているところを女に突きとばされ、桜蔵は地面にたおれこんだ。顔のうえに、女の足がかざされた。

女は素足だ。そのかかとには朱をつかってなにか文様らしきものが描いてあった。わざと判読しがたく彫った印章に似ている。だがそんなことより、桜蔵の視線は、おおもとの暗がりのほうへ向いた。若い男であれば、当然である。そこはあいかわらず、ぼんやりとして目を凝らすことができず、そのくせなにも隠そうとはしていないのだ。

女は足のうらを桜蔵の顔におしつけた。まずはつまさきで口を踏みつけられ、声がだせなくなった。つぎに両目をかたほうずつ、ふさぐようにつまさきで踏まれた。目が見えなくなる。

さいごに、鼻からひたいにかけて、かかとをおしつけられるのを感じた。ヒールの靴をはいたまま踏まれなかっただけ、ましと思うしかなかった。桜蔵に意識があったのはそこまでだった。

7

冷たさが、からだに沁《し》みて、桜蔵を目ざめさせた。湿った土の匂いがする。そこはうっすらと桜の香のする木立のなかだ。咲く花が匂うのではなく、散ったあとで土にうずもれて熟成された香がたちのぼる。桜蔵はその香を吸いこんで、薄もやのかなたにある意識を少しずつさぐった。

やわらかな緑の葉がゆらぐ梢《こずえ》のさきに、曇りがちの空があった。黒土のうえに散った小さな白い花びらは、漆《うるし》に螺鈿《らでん》をほどこしたように光っている。彼は桜樹の根もとに横たわっていた。

泥にまみれているが、服も着ている。ただし、それは彼が家をでたとき身につけていたフードつきのジャケットではなく、あのマネキンが着せられていたローズグレイのセーターである。ラメいりのスカートのことを思いだして青ざめたが、さいわいにジーンズをはいていた。桜蔵は深く安堵《あんど》する。

雨がふったようだ。土はしっとりと湿り気をおびて、藍いろのインクの匂いを放った。雨に呼びおこされて萌えだした若草の緑が、黒土のなかで目だっている。ほどちかく、車の行き交う音がひびく。

桜蔵は起きあがって服の泥をはらおうとしたが、かわくまで放っておくほうがよいと思いなおし、そのままにして横倒しの自転車を起こした。通学途中で、なにごとか起きたらしいが、まるで記憶がなかった。

いつもの朝とおなじく、となりの大学の裏門をぬけたところまではおぼえている。そのあとは、はっきりしない。状況から推測すれば、自転車で走行中に意識をうしなって倒れたようだ。そのままだれにも気づかれず、放置されていたらしい。

しかし、意識不明のあいだになにが起こったのかをかんがえる閑は、桜蔵にはなかった。一刻もはやく、大学へ行かなければならなかった。もう十一時をすぎている。午前九時からはじまる新入生むけガイダンスに出席するつもりで家をでたにもかかわらず、大幅な遅刻だった。女もののセーターを人がどう思うかも、気にかける余裕はなかった。

ガイダンスはまだしも、次の予定が問題だった。十時半には書字学研究室の清《すが》教授をたずねることになっていた。それを断りもなくすっぽかしたのだ。

専攻科目にかかわらず、学生番号によるふりわけで担任がさだめられていて、きょうはその個人面談の日であった。駐輪場へ自転車をすべりこませた桜蔵は、研究棟へ走りこんだ。清研究室は十一階だったが、エレベーターを待たずに階段をかけのぼった。

彼の通う大学では、学年制をとっていない。四年のあいだに取得すべき単位がさだまっているだけだ。一年のうちから専門的な授業を選択できるかわりに、相応の技術も求められる。言語を主体とする大学であったので、高校生レベルの語学力ではとうてい間にあわない。

難度の高い授業を受けるには、在学生やネイティブスピーカーとの語学力の差を埋めるべく補講をふくめた単位の組みたてが必要だった。むろん語学に自信がなければ、初級から段階的に単位を取得する方法もある。そういったことの相談もふくめて担任がさだめられている。

清教授の人柄はまだわからない。入学式の日に壇上で簡単な紹介があっただけだ。柾とつきあいがあり、桜蔵も一度だけ遠くからその姿をながめたことはある。正式に対面するのはきょうがはじめてだ。いきなりの遅刻で印象を悪くしたにちがいなく、桜蔵は重い気分でさきをいそいだ。

研究棟はアトリウム構造で、回廊の東端に位置する階段ホールは、一階から最上階まで、ガラス張りの吹きぬけになっている。フロアごとの踊り場はテラスをかね、そこに各階ともちょっとした自習スペースがあった。スタンドライトとミニテーブルつきの椅子が、S字にカーブした窓のフレームにそってならんでいる。足もとまでガラス張りなので、宙へ浮かんでいるような気分になる。ガラスの向こうに見える木立の緑が目にまぶしい。

晴れた日にはガラスごしの採光だけでじゅうぶんに明るい。東向きの窓なので、昼間は直射日光がさしこむわけでもない。白い樹脂フレームが蜂の巣状に重なりあい、音を吸収する。だから、耳ざわりな反響もない。本のページを繰る音が聞こえそうなほど静かだった。

床は乳白色の強化プラスティックである。なにかに反射した光が、ところどころに小さな虹をつくっている。桜蔵はそういうものには目ざといほうで、あわてふためいて階段をのぼる最中にも見のがさなかった。

父の柾が、彼のそうした感性を育んだのである。光と影のあわいに目をこらし、かすかな気配に耳をそばだてる。そのあげくに、見えないはずのものまで見てしまうのは、桜蔵の性《さが》というものだった。

8

清千《ち》舟《ふね》は、三十代半ばではやくも教授だった。後ろ盾がものをいったとのうわさもあれば、才能を認める声もある。書字学の専門家だが、書家としては十代のころから名をはせ、とくに海外で高い評価を得ている。柾にいわせれば、その筆には獣が棲み、墨色には千の色がある。

　先ごろ、旧家の屋敷を会場に清の書の個展がひらかれ、桜蔵は柾に連れられてそこを訪れた。書の教え子たちにかこまれて庭園で記念撮影に応じている清を遠目にしたが、そばへは寄らなかった。着飾った婦人たちのなかにあって、清は照れたふうもなく、気どってもいない。笑顔はふりまかないが、無愛想ではない。落ちつきはらった物腰で、淡々と応じている。

「彼の腰には極道の蛇がいるんだ。なかなか悪い男だよ」と、柾がいう。

「へえ、男なんだ」桜蔵は、柾の情人《いろ》かと思っていた。

「腰つきを見ろよ。あれは、れっきとした男のからださ。正気のときは、礼儀ただしくおだやかなんだが、いったん酔いどれになったら、始末におえない。酒豪は酒豪でも、なぜか限界がそのつどちがう。女の肌を吟味するのに、そこで墨を磨《す》らせろ、というらしい。朝になってみたら、からだじゅうに墨をぬりたくられていたという話も伝わっている。私なら、女を眠ったままにはしておかないけどな。せっかく筆を這わせるなら、黙らせておくのは惜しいじゃないか。忍び音をたのしみたいね」

この場合、柾のいう女は、着飾って清をとりかこむ婦人たちの同類ではなく、世間一般でいう男のことだった。それが柾の相手になるときは、女になる。桜蔵には縁遠い世界の話なので、聞きながしておいた。

帰りがけ、清への手土産として持参した古墨を主催の画商にことづけ、会場をあとにした。桜蔵の、いまは亡き祖母が知りあいの墨師《ぼくし》につくらせたもので、波《は》比桜《ひざくら》と銘がある。桜蔵が一歳になったのを祝ってつくらせた墨だという。波比は、はいはいの意味だ。

幼子に墨玉を背負わせて、無事に成長するよう祈願したのち、それを木型につめたのだと聞かされて、桜蔵は左近《さこん》家のしきたりの、いちいちがよそとは異なっているのを実感した。モチや米を背負わせるのがふつうである。千菊が一歳のときには古式はなにもなく、ケーキで祝った。女に生まれたものだけが対象だからだと、あとになって柾がいう。

　おもてに銀を刷《は》いてあるが、磨れば漆黒の墨になる。墨師のもとで寝かせてあったものを、祖母の遺言により桜蔵が十八歳になったこの春、蔵からだされた。舟人《ふなひと》さんにもぜひお分けするよう、と祖母は書き遺していた。舟人は清の号である。祖母の生前は十代であったが、すでに師範として弟子をもつ身だった。祖母は清の後援者であり、またその指南も受けていた。

　祖母の遺言で墨を贈られたのは、柾も同様である。それを手にして、しばらく無言になった男の横顔を、桜蔵もまた、黙してかたわらでながめた。

……重いな。ようやく出たことばがそれで、桜蔵をいぶかしがらせた。墨には定量がある。その目方どおりの墨だった。

「銘にある波《は》比《ひ》は、這《はひ》であり延《はひ》でもある。それと灰をかねている。延の古訓は、はかみちというんだ。墓への道という意味さ。……だからこの墨は」

「墓標とおなじ」

「そう。その人の灰を根もとにまいた桜の枝で煤をとって墨をつくった」

「……桜生《さくらお》さんの？」

桜蔵の伯父である。柾はうなずいた。その人は、桜の木の下でひろわれたのだと左近の家では伝えられている。ふたたび桜のもとへ還った。

桜蔵の大伯父にあたる祖母の兄もまた、おなじく桜の落とし子のようにいわれた。実際にそうだったというのでなく、桜の季節に縁あって家族に迎えられたという意味だ。左近は母から娘へと、血縁をつないできた母系の家である。

直系の男子はいずれも若くして亡くなっている。偶然なのか、因縁なのか、桜蔵にはわからない。ただ、千菊のことを思い、自分たちの代でこの婦《おんな》系図が変わるよう願うばかりだった。

　いまの左近には娘がいない。桜蔵と千菊の兄弟だけだ。まだ四十にもなっていない母が、柾とのあいだに娘をもうける可能性もなくはない。そうなったら、また因果にわずらわされる。桜蔵は墨をながめてことば少なになった男のかたわらにいて、自分もまた憂《うれ》いにとらわれて、黙りこんだ。

　清研究室のドアランプは、教授の在室を示していた。桜蔵のノックにこたえ、どうぞ、と声がした。彼は少しだけ扉をあけて、そこから静かにからだをすべりこませた。

「おくれて申し訳ありません。十時半にお伺いする予定だった左近です。……いま、よろしいでしょうか?」

桜蔵はあえて、約束の時間におくれた説明をはぶいた。そもそも、二時間以上も気を失っていたあげく服まで変わっていた理由が、自分でもわからないのだ。

清は正面の机で書きものをしていた。桜蔵をむかえたのを機にペンをおく。それを片づけて席を立ち、ロッカーから上着を取りだして袖をとおした。

教育の場で身につけるには、やや上等すぎるスーツだった。からだにあわせて仕立てたものにちがいない。格式をもとめられる書家としての習性が、学生相手でもこんなかっこうをさせるのだろう。

ネクタイはダークグリーンを基調にした細かな柄で、それ自体は華美ではないが、まぎれこんだいくつかの鮮やかな色あいが、スーツのグレイをあかるく見せている。カラーもカフスも、そのままフォーマルな席に出られるくらいの白さだった。

机まわりの整然としたようすや、おさまるべきものが最小限におかれた室内を見わたした桜蔵は、合理性と潔癖主義とをみた。だが、極道の蛇を飼っていると柾にきかされている。それがなんの比喩であるにせよ、清が名前や見かけのとおりの雅人だとは、とうてい思えないのだった。

「たしかに、だいぶ遅いですね。実はこれから出かけるところなのですが、駐車場まであるきながら話をしましょうか」

口ぶりはおだやかである。学生にたいしてもくだけたことばをつかわない。それでいて、とりすました印象はなく、声の質や話しぶりには身のうちからあふれる艶がある。蛇のゆえかと、桜蔵は勘ぐった。

「ありがとうございます」

「左近くんの入学まえの調査表を読ませてもらいましたが、言語より文字に興味があると書いていましたね。それならば、どうしてここのようにコミュニケーション主体の大学を選んだのですか？」

桜蔵としては自宅から近く、自転車で通学できるというのが、いちばんの理由だった。そうこたえるわけにもゆかず、環境や雰囲気を理由にあげた。

「それなら、となりの大学でもよかったですよね。レベルはほぼ同格のはずです」

「学費がちがいます。向こうは私学ですから」

「なるほど」

身装《みなり》のよさがあらわすように、生活の苦労を経験したことがなさそうな清は、実感のこもらないあいづちをうった。学費を柾に借りているにすぎない桜蔵にすれば、清の気楽さが憎らしくもある。

さきをゆく清にしたがい、桜蔵もエレベーターに乗りこんだ。扉もキャビンもガラス張りのスケルトン構造である。アトリウムの天窓からそそぐ光が、キャビンのなかにもおよぶ。エレベーターの下降につれて、光の断片が乗りこむ人のからだを流れてゆく。

研究棟の玄関ホールをぬけ、駐車場へ通じる扉から外へでた。棟と棟のあいだに小さな旋風《つむじかぜ》が走り、通路の端に吹きよせられていた桜の花びらが、一列につらなって舞いあがった。

9

清がたどりついたのは、シルバーグレイのフォードアだった。通り雨の雫《しずく》がのこる。一面に桜の花びらがふりそそぎ、銀蒔絵のようである。桜蔵はあらためて相談日を指定してくれるよう頼んだ。

清はリモコンで車のドアのロックを解除した。そうですね、と少し考えこんだあとで、さきほどから気になっていたのですが、と話題を変えた。

「それは、なにかのストレス反応ですか？　あるいはたんなる装飾でしょうか？」

「……それと云《い》いますと？」

「ネマトーダと蛇とつる草がからみあったような」

清にサイドミラーをのぞいてみるよううながされた桜蔵は、そこに映りこんだ自分の顔を見て絶句した。ひたいからはじまって、目のまわりと鼻にかけ、朱の細い線で埋めつくされていた。

読めないうえに呪術的な印章の文字のごとく、込みいって煩わしい。まさに繁縟《はんじょく》というべき、くだくだしさだった。ぴったりとした仮面をつけているか、透かし編みのネットをかぶっているかのようでもある。いずれにしても面妖だった。

清のことばどおり、それは虫とも蛇ともつかない生きものじみて、いまにもうごめきだすかのようだ。その姿で構内を歩きまわったことを思い、桜蔵は気が沈んだ。まちがいなく、かかわりを持ちたくない学生とみなされたはずだ。連帯を好むたちではないが、いきなり孤立をのぞんだわけでもない。

「……人が悪いな。せめて研究室を出るまえに教えてくれてもよさそうなのに」

桜蔵はほとんど独りごとのようにつぶやいた。だから、くだけた口ぶりだった。

「心配にはおよびませんよ。まっとうな人間は、異様なものを直視しませんから。意識から遠ざけ、考えないようにするものです。その結果、充血した目と赤ら顔を認識するていどでしょう。あるいは、猫にひっかかれたミミズ腫れがあるという印象を持つだけです。たぶん、あなた自身がはっきりと目にしているほど、ほかの人たちにはそれが見えません」

「おれが、まっとうではないと？」

「考えかたによりますけれどね。おそらくそれは心因性の発作のひとつでしょう。アレルギー性やストレス性の咳や発疹とおなじものだと思います。あなたは、なんらかの抑圧状態にあるのです。みたされない欲望をかかえて、からだがＳＯＳを発信しているのですよ。……乗りませんか？　よかったら送りましょう」

まっとうでないのは清のほうである。だが、あまりにも淡々とした話しぶりのせいで、桜蔵はうっかり耳をかたむけてしまった。かろうじて、逆らう意志だけは保った。

「ご親切に。でもまずは顔をあらってきます。それに自転車がありますから」

「私がいうのは、セラピストのところへお連れしましょうか、という意味ですよ。それはさきにも申しあげたとおり、心因性の症状ですから、あらっても落ちません。あなたにストレスをあたえている要因をとりのぞくことでしか消えないのですよ」

数人の学生が、ひとかたまりになって駐車場へちかづいてくる。桜蔵としては、面妖な顔に仰天されるよりは、教授の車に乗るのを目撃されるほうがまだましと思えた。そこで提案を受けいれ、清の車のリアシートへ乗りこんだ。

「シートベルトをどうぞ」

桜蔵はそれにしたがった。清の声には、従順になってしまう要素がある。車は構内の木立をぬけてゆく。若葉の影が、桜蔵のからだを駈けのぼって、光とともに窓の外へ飛び去った。たんなる影というより、敏捷な生きもののようでもあった。

「鏡があったら、貸してもらえませんか？」

「お貸しするのはかまいませんが、そのもようはあまりじっくりながめないほうがよいと、ご忠告します。それは、死んだ人のからだに邪悪なものがよりつかないように描きこまれた呪術的な文様です。あなたはおそらく、どこかで命を落とされたのでしょう。今は呪師の術によって、仮に生かされているのです。でも、鏡像は封じたものをあなたに見せてしまうかもしれません。自分の死に顔を見るのは、心地のよいものではありませんよ」

清はますます怪しげなことを口にする。桜蔵はここにいたって、男が本物の清ではないことを疑ってみたが、もはや手おくれである。背なかでなにかが蠢《うごめ》くような感触があって彼が身ぶるいしたのを、男にさとられた。笑い声がつたわってくる。

「それは、あなたを逃がさないために、あらかじめ放っておいた蛇です。ささら波の文《あや》をもつ可愛らしい蛇ですよ。細身ですが、力はなかなかのものです。……どうです？　もう動けないでしょう？」

暗示にかかるまいとするほど、桜蔵の意識は蛇にからめとられてゆく。実際には蛇などどこにもいないのだが、からだを思うように動かせない。シートベルトをはずしたくても、その意識が手まで伝わらなかった。自分のからだでありながら、自由にならない。

「……で、清になりすましているあんたは、いったいだれなんだ？」

「つまらない罪人です。罰として穴蔵にほうりこまれて、気がついたら犬になっていたバカ者ですよ。四百年ほどまえの話ですがね。だれかが穴から出してくれたんですが、世の中はすっかり変わりはてていました」

などと、四百年まえに生きていたと称する男が、現代語でしゃべっている。

10

桜蔵はまともに耳をかたむける気をなくした。外の風景に意識が向いていたせいもある。そこは小暗い森のなかだった。いかに緑地のおおい武蔵野にあっても、もはや深々とした森はない。

古木は枝をたわませ、笠となって道路に濃い陰をつくる。昼を少しまわった時刻のはずだが、日の落ちたあとのように、闇にまぎれてゆくばかりの暗さだった。

桜蔵には見おぼえのない道である。舗装路ではなく土があらわになっていた。車は葉むらの影が映じた泉の水際を走る。風もないのに、さざなみがたつ。どこからかはこぼれた桜の花びらが、糸で綴《と》じあわせたようにつながって水面をわたってゆく。

いつしか急な切り通しをのぼっていた。赤土がむきだしになったところに、黒い水が筋になって流れている。頭上でゆらぐ小枝の影だった。

清になりすました男はその切り通しのなかで車をとめた。葉むらが光をさえぎり、日暮れのような暗さだ。桜蔵はこんどもまた逃げだそうと試みたが、あいかわらず意識だけはあって、からだは動かない。

「私のもともとの生業《なりわい》は、つくろい師でした。亡くなられたかたの身づくろいをする仕事です。貴人の女性が専門でした。お身内のためではなく、神にたいする儀礼としての装いです。はがれた皮をつづり、傷を縫いあわせ、くすんだ肌を磨き、みだれ髪を結い、さいごにそのからだに、朱墨で呪符をほどこすのです。そのさいにこっそり耳を切りとりました。趣味であつめていたのです。それが知れて、囚われの身となりました。高い身分の人の埋葬は、呪符の麗しさを見せるものでした。くまなく、すみずみまで描きました。筆さきの、とどくかぎり」

　男は桜蔵のかたわらへやってきて、ローズグレイのセーターに手をふれた。すると、それは毛ではなく羽のような軽いものになりかわり、息をするだけで、ふわり、とただよった。よく目をこらせば、灰である。はらはらとこぼれ落ちて、桜蔵の足もとで粉になった。

　では、と男は筆をとりだした。朱をふくませてある。それを桜蔵のからだにのせた。

「つまり、……おれは死体なわけか。いつ死んだんだ？　まるでおぼえがないんだけど」

「けさほど、自転車で道路を横断するさい、信号無視で飛びこんできた速度オーバーの車両にはねとばされたのです」

「ぶつかってない。あのとき、車は一台も走っていなかったんだ」

「でも、なにかをごらんになったはずです」

「……なにも」

「黒い影を見たのではありませんか？」

そういわれて、彼の意識よりさきに、からだがこわばった。あとから、黒い影がふってわいたように目の前をふさいだことを思いだした。

「……あれが？」

「そうです」

「ちがう。あれは車じゃない。黒い犬だった。……まちがいない。気がつくと、おれのそばで犬が倒れていたんだ」

「いいえ、あなたは大型のオフロード車に自転車ごとはねとばされ、数十メートルはなれた道路わきの木立まで運ばれて、落命したのです。脳挫傷と内臓破裂、そのほか多数の骨折によるショック死でした」

男は桜蔵のからだに、犬という字を書きつらねている。犬という字が重なって、犬犬となり、犬犬犬となる。

「これは、つくろいの痕を浄める呪符なのです。身のうちから飛びだした腸《はらわた》をおさめ、裂け目を縫いあわせたところをこれで封じます」

桜蔵のからだに犬という字があふれ、朱に染まってゆく。ところがそれは、ただの朱ではなく、あきらかに血の色で、桜蔵の身のうちからにじみだしているのだ。からだじゅうから血があふれだした。

叫ぶつもりが、声にならなかった。

11

だれかに口をふさがれている。桜蔵の胸のうえに、あたたかく重たいものがのっている。そのせいで起きあがれない。彼はその重しをとりのけた。身が軽くなると、こんどは冷ややかな風がからだをなでつけた。

「……目をさましたみたいだな」

耳もとの声で、桜蔵はひとりではないのだと悟った。真上には白牡丹《ぼたん》のようにもやもやとひろがった雲があり、三日月がみえかくれしていた。その月あかりに、半身を起こした女の姿が浮かびあがった。胸のふくらみが、女であることをあかしている。さきほどの声の主がこの女かどうかはわからない。どんな声であったかを、もう思いだせなかった。

風にふかれてまとわりつく長い髪のほかに、女はなにも着ていなかった。桜蔵もはだかだ。

どうやらそこは、川べりである。浅い流れが、茶碗《ちゃわん》をすすいでいるような音をたてる。あたりはまだ薄暗いが、新聞配達らしいバイクの音がひびいて、夜明けがちかいとわかった。

桜蔵は暗いうちに家をでて、川筋を走っていた。そこまではたしかなのだが、はだかで寝ている説明はつかない。女にもおぼえはなかった。着ていたジャージをさがしたが、ちかくにはみあたらない。

女はセーターに袖をとおし、頭からかぶる。はっきりとはわからないが、グレイかくすんだピンクか、そんな色だ。ラメが光るミニスカートをはいたのを見て、桜蔵はその服のことを思いだした。真也と会っていたときにみたマネキンとおなじ装いなのだ。

セーターのハイネックのなかに髪がはいりこんだのを、女は両手で逆だてるように引きだした。うなじがあらわになり、弓なりの砂洲のような衿足《えりあし》がみえた。蝶の羽の尾にも似て艶《エン》である。すんなりとのびた足で草のなかから靴をさぐりあててはく。そのまま歩きだした。立ち去るつもりだ。

「……待てよ」

桜蔵は呼びとめてしまってから、問うべきことばをなくして口ごもった。女がだれなのかを知ったところで、窮地に立つのは自分であることに気づいてしまったからだ。合意のうえのこととして、女が黙って立ち去る気でいるのなら、かえって都合がよいとかんがえるべきだった。女はもどってきて、桜蔵のかたわらへしゃがんだ。

「なごり惜しい？　わかれのキスでもする？」

「……そういう意味じゃない。さっぱり、わけがわからないだけだ」

「簡単でしょ。あんたは行きずりの男と気持ちよく寝た。それだけのこと」

「……女だろ？」

「あんたがね。……ねえ、それ誘ってるの？　そんなによかった？」

まともに話をする相手ではなさそうだと桜蔵は気づき、こんどは追いはらう方法を模索した。東の空は明けはじめている。通行人があらわれないうちに服をさがさなければいけない。

獣の息づかいが聞こえ、女のそばに黒い影がよりそった。犬である。くわえていたリードを地面においた。女は犬の正面からちかづいて、首と頭をなでた。

「散歩の催促にきたの？　もうそんな時間なんだ」

女はリードを首輪につないだ。それじゃ、またね、といいのこして走りだした。桜蔵は女があっさり消えてくれたので、ほっと息をついた。むろん、再会するつもりなどなかった。

つぎは、どうやって家に帰るかである。ジャージも電話もない。彼はわずかな期待をもって、川べりへちかづいた。ジャージがそこにあれば幸い、せめて風に飛ばされたビニールシートの切れはしなりとも、落ちていないかと調子のよい望みをかけたのだ。

12

ちかづいた川のふちには、原始的な腰布を編むしかなさそうな枯れ草しかなかった。あきらめてそれを選《よ》っていた桜蔵は、踏みこんだ草むらのなかで思いがけないものを目にした。足もとに、はだかの男がうつぶせているのだ。もうすぐ水のなかに落ちそうな、ギリギリのところでとどまっている。

生きていればまだしも、死体かもしれなかった。腐乱はしていない。腰のあたりに入れ墨らしきものがあって、それがまた蛇かなにからしいので、桜蔵は男の素性を連想して後ずさりした。

だが、幸運というべき発見もあった。その男のものらしいスーツが、なぜか木の枝につるしてあるのだ。ズボンはちゃんとたたんで二つ折りにして枝にかけてあった。シャツや下着や靴下はない。少しはなれたところに靴がそろえて脱いであり、またべつの場所に書類かばんがおいてあった。

桜蔵はためらいつつも、スーツを身につけた。男が死体にせよ、寝ているだけにせよ、人を呼びに行くには、はだかではどうにもならない。このさい自殺者のものであろうと、かまっていられなかった。

スーツを身につけてひとまず落ちついた桜蔵は、ついでに男のからだにふれてみた。ぬくもりがある。脈もあったので、いくらか安堵した。

これは、おそらく酔っぱらいのなれのはてなのだ。酩酊した男が、家にたどりついたつもりで服をぬぎ、ベッドと思いこんだ草むらへダイブして眠りについた、というのが桜蔵にとってすこぶる都合のよい状況説明だった。

彼はその案を採用し、男の書類かばんをさぐるのは、行きがかり上の必要であるとしてそれを実行した。

メガネ、財布、腕時計、鍵、携帯電話がすべておさまるべきところにおさまっている。野外と自宅の区別がつかないほど酔っていても、小物を収納する几帳面さがうしなわれていないのはおどろくべきことであり、滑稽《こっけい》でもあった。日ごろの習慣で、無意識ながら着実に行われたようだ。

財布には現金やカード類とともに免許証があった。清千舟だ。書の個展でとりまきの婦人たちといるところを遠目に見た男である。さらには、桜蔵が通う大学の教授でもあった。柾が、清の腰に極道の蛇がいるといったのは、ことばどおりの意味だった。まっとうらしい顔をして、こんな彫り物をしているのである。しかも背面だけでなく、まえの持ちものの、きわどいところにまで達している。

……だが、それも薄闇による桜蔵の錯覚で、たんにネクタイがからまっているのだった。

桜蔵は少し意地悪い気持ちになり、清をこのまま放置して通行人にみつけられるにまかせようと思いついた。泥酔のあげくに路上ではだかで寝ているところを発見されたくらいで、免職になることもないだろう。厳重注意ていどですむにちがいない。それすら、柾の口ぞえで酒酔いではなく持病による軽い心不全と訂正されて、処分取り消しにできるはずだ。

実害としては、せいぜいとりまきの婦人たちの幻想を砕くにすぎないが、もしかすると、婦人たちはこの男の極端な酩酊ぶりを承知で落差をたのしんでいるのかもしれなかった。

所持品が無事なうちに桜蔵がそれを確保したのだから、服を借りて着るくらいは、謝礼の一部とみなされてもよい。そういう仮定のもとで歩きだした桜蔵の背なかごしで、小さく呻《うめ》く声がした。

「……きみ」

草むらで眠っていた男が、目をさましたのである。桜蔵は安全だと思われるところまで遠のいてから、立ちどまってふりむいた。男は、はだかの身を縮めて草のなかに半分ほどかくれていた。

「……きみが着ているそれは、私の服のように思うんだが」

「そうかもしれないけど、おれには借りる権利があるんだ。人を呼んでくるから、そこにいてくれないか？」

桜蔵はつづけて、口からでまかせをならべたてた。

「ジョギングしていたら、川のなかで溺れかけていたあんたをみつけ、すぐさま飛びこんだんだよ。岸へ助けあげて、水を吐かせ、人工呼吸をして心臓マッサージもした。あんたは息を吹きかえし、そのまま眠りこんだ。おれはぬれた服をぬいで、かわりにあんたのスーツを借りて、これから助けを呼びに家へもどるところだ。はだかで歩くわけにはいかないじゃないか」

一応、筋はとおっている。だが、かなりはっきりと目をさましたらしい男は、桜蔵の話を信じようとはしなかった。

「溺れかけていたのが事実なら、私の服もぬれているはずだと思うが」

「はだかで浮いていたんだ。これは岸辺の、……ほら、そこの木につるしてあった。泥酔して家に帰りついた気になってスーツを脱ぎ、風呂にでもはいるつもりで川に浸かったんだ。おれが、ちょうどそこへ通りかからなければ、もっと下流で死体になっていたかもしれない。貴重品だって、このとおり無事だ。おれを責めるのは筋違いだと思うけど？」

桜蔵は書類かばんを男のほうへ投げた。

「むろん、感謝はする。だから、こんどは私が自宅にもどって、きみのために着がえをもってくる。そのためにも、スーツを返してもらいたいんだ。それまで、きみはここで待っていてくれないか？」

「ことわる」

「ことわるって、きみ、それは私のスーツなんだよ。それとも、人の服を着たがるのは、抱かれたいというほのめかしなんだろうか？」

正気の顔でそれを云うのである。

「……あんた、まだ酔ってるのか？　なにをとぼけたことをいってるんだよ。おれの服のかわりとして、一時的に借りたんだ」

ちかくで雨戸をあけはなつ音がひびいた。いつのまにか、しらじらと明けている。

もはや、はだかにスーツを着た姿でさえ、通りを歩くわけにはいかない時刻になっていた。

13

川を渡る橋がちかくにある。そこへ脇道から一台の車がちかづいてきた。曲がり口で急なのぼり坂になるところを、ゆったりと走らせたまま少しのぶれもなく、すんなり橋へと進入してくる。桜蔵は、車種よりもその運転のしかたでドライバーがだれかを判断した。

「ふたりとも、よかったら家まで送ろうか？」

柾は車をとめて、ブランケットを片手に川べりの小《こ》径《みち》へおりてくる。草むらにいる清にそれを差しだし、桜蔵にはキーをあずけて助手席へ乗っていろ、とうながした。

清はうけとったブランケットをからだに巻きつけ、書類かばんと靴をひろいあげて柾のあとにつづいた。

ポットのなかの熱いココアが、川原ものたちにふるまわれた。彼らがそれを飲みおえるのを待って、柾は車を走らせた。

「清くんは、あいかわらずの泥人ぶりだな。ふだん、ちゃんとした人がそうなるのは見物としてはうれしいかぎりだが、本人はいたたまれないだろうね」

柾はそれを、皮肉ではなく、まじめらしくいう。

「柾さんの声で、完全に酔いがさめました。お恥ずかしいかぎりです。……ゆうべは酒場によらずに帰ったはずなんです。先日、左近家から頂戴した墨を試すつもりで職場からまっすぐ帰宅したのです。……磨っているうちになぜか眠くなって、目をさましたら、このありさまです」

「墨のせいだと、思ってるんじゃないか？」

「いいえ、硯《すずり》だと思います。……だってあの墨は桜生さんの」

「承知だったのか」

「波比桜と書いてありましたから」

「硯はどうして？」

「帰宅したとき、しまっておいたはずのものが、机のうえにありました。我が家に伝来の古《こ》硯《けん》です。戸だなのなかにないことを怪しむべきだったのですが、その硯で磨りたかったので予定を変えませんでした。家のだれかが罠《わな》をしかけたのでしょう」

「身内を疑うのか？」

「日《ひ》文《ふみ》は、私を疎んじていますので」

清はそこで、ためいきをついた。

「……それより、こちらの佳人は柾さんの女だったんですね。どうりで、私になど見向きもしなかったはずだ」

「これは息子の桜蔵だよ。話したじゃないか。この春から、きみの教え子になる」

「ならば、私の女にもなりうると？」

「さあ、それは本人しだいだ。私の女じゃないといっただけだよ。それに、いちばん問題なのは、これが女好きで、今のところ男には興味がないってことなんだ」

「そのからだで？」

「本人は、このからだだから女と交際するのが当然だと思っている」

「認識のズレですね」

「ぶれというか」

男たちがばかげた話をするあいだ、桜蔵は眠ったふりをした。女ではないと否定するのにも、もう飽きている。桜蔵にとってやっかいなことに、男たちはこの世にありえないものとしての女の話をしているのだ。彼らにいわせれば、男にとって現実の女はいない。すべて非現実の女である。

　桜蔵はその意味をさぐるために大学の門をくぐったようなものだが、教えを乞う相手が清では、さきが思いやられた。

「清くんのところの日文くんも、女好きだというじゃないか。なかなか新鮮な感性だな」

「愚かな妹です」

「うちの、遠子さんと親しいんだ。彼女が経営するモデルクラブに登録している。きみは承知していないだろう、と遠子さんがいっていたけれども。だから、まだ仕事はまわしていない。レッスンだけ受けてもらっているそうだ」

「すみません。ご迷惑をおかけして。日文と話をします」

　まもなく、車はブドウかツタを装飾した門扉のまえについた。清が年の離れたきょうだいを養いつつ、住んでいる家である。モルタルづくりの洋館と日本家屋がミックスされた古風な建物だった。桜蔵は薄目でそれをながめ、また寝たふりをした。

「スーツはクリーニングをして返させる。きょうは、すまなかった」

「こちらこそ、送っていただいて感謝します」

清が車をおりたところで、桜蔵も目をあけた。家の玄関があいて若い女がでてくる。犬がそれにつづいた。耳に巻き毛をたらした、茶と斑《ほし》の毛皮をまとった犬だ。桜蔵は女のローズグレイのセーターにうろたえた。それに銀ラメいりのミニスカートである。さきほど川べりの道で居あわせた女とおなじ服装だが、今は足首まであるレギンスをはいている。

兄の清には敵と鉢あわせたような目つきをし、柾にはにこやかに会釈をして犬の散歩に出かけてゆく。桜蔵のことは無視した。初対面のふりすらしない、まったくの無関心だった。

清はどうしたわけか、そんな妹を茫然とした顔つきで見送ったのち、柾に深々と頭をさげて家のなかにはいった。

「ずいぶん歳のはなれた妹だな」

桜蔵は見たままの印象を口にした。

「異母妹なんだよ。亡くなった父親が、なかなか盛んでね。彼女の母親は大陸の人だ。下にまだひとり弟がいる。……しかし、清くんも因果な男だな。正気であればいたって冷静でもの静かで、だからこそ艶もきわだっている。あの美貌のうえに、からだもあのとおりだから、若いころから年増に好かれるたちだった。継母が惑うのも、当然といえば当然。本人は、女は女でも桜蔵のような女をこそ望んでいるのに、酒でしくじる男でもあるからね。結果として、独身ながら、ふたりの子持ちのようなものだ。継母はとっくにどこかへ失せた。だが、さっきのあの放心ぶりは、なにかべつのやっかいに思いあたったんだろう。気苦労の多い男だ。ま、そんなわけだから、せいぜいいたわってやれよ」

「……あのさ、おれはまともな学生生活を送りたいんだけど」

「むろん、私もそうねがってるさ」

桜蔵はそれをことばどおりに受けとるほど、楽天家ではなかった。

この川、渡るべからず

1

裏通りにある古家の軒さきで、なにかは知らない黒い布が雨にぬれている。自転車のカバーか日除けか、そんなものだ。人影と思うのか、多くの通行人がそこで身をすくめる。

路面を水けむりが走る。降りそそぐ雨は地上へ達するまえに風で流されてゆく。朝だというのに、そこかしこに不穏な影がうずくまり、禍津《まがつ》日《ひ》の気配がする。雨水にまぎれて、ひたひたと徘徊する。

自転車通学の桜蔵《さくら》は、真正面から吹きつける雨にさらされて走った。ライトをつけ、車のドライバーに存在を知らせる。視界は悪い。すれちがう人も車もはげしくなるばかりの雨脚にかき消されてゆく。

夜かと思うほど暗い景色のなか、ひときわ明るく光を放つのは交番の入り口だった。雨具を着こんだ巡査が歩道にでて、道ゆく人や車に目を凝らしている。懐中電灯の光が尾をひく。

巡査の足もとで雨水は川のように流れ、渦をまいて側溝へそそぐ。桜蔵は速度を落として、交番のまえを通りすぎた。横すべりに強いマウンテンバイクではあるものの、白線やマンホールを突っ切るしかない場合には、慎重さを要する。

それでなくとも住宅街では、道路まで枝がはみだしている庭木や、住民が片づけそこなった散水用のホース、幼児のオモチャ、ゴムボールといったものがいたるところで走行のじゃまをする。

下り坂にさしかかった。落差二十メートルほどの切りたった崖地は武蔵野台地の縁《へり》である。傾斜をゆるやかにするため、長い坂となっている。沿道の家並は雨に降りこめられて靄《もや》に沈み、遠くの丘陵もかすんでみえない。

この土地に特有の赤土がもたらす泥水が雨水とともに路面を流れている。マウンテンバイクの水しぶきは、ブレーキグリップよりも高くはねあがる。

後輪がまきあげる泥まじりの水はそのまま桜蔵の背中に降りそそいだ。彼はレインウエアを着ていたが、それでも気分は沈んだ。

車道を徐行する彼のマウンテンバイクは、歩道を走るロードバイクに追いこされた。通行人がいないのをよいことに、ロードバイク氏は違法な高速だ。細めのタイヤをはき、漕ぎ手はそれなりの体格である。レインウエアも桜蔵が着ているようなセパレーツの全身用ではない。スピードを優先するのにふさわしい薄手のレインジャケットだった。ロードレースに馴れた競技者なのかもしれない。だが、この雨のさなか、無謀なスピードである。そのうえ無灯火だ。自信があるのか命知らずなのか、その両方か。桜蔵は抜き返したい衝動をおさえ、いくらかの腹だちとともにロードバイクを見おくった。ベルトポーチがやけに黒々しい。目を凝らせば、それは猫の頭だった。ありえないことだが、たしかに黒っぽい猫がふり落とされまいとして漕ぎ手の腰にしがみついている。

遠のく背中に、針のような雨が刺さる。しだいに白くけむってゆく。そのころには桜蔵も冷静になっていた。

あれは、猫のように見えたべつのなにかだ——そう思いなおした。黒ずんだ染みだった。だが、かえって不吉な連想をすることとなった。はねあげた泥のかたまりや機械油がこびりついているのならまだしも、血痕の可能性もある。紅《あか》くはなかったが、桜蔵はなぜか血を連想した。暗鬱な雨のせいだった。

いまや雨脚はいっそう激しく、ひとつ先の信号すらどこにあるのかわからない。それどころか、すぐ横を走りぬける車さえ、たちどころに雨のなかへ消えてしまう。

こんどは後方から救急車両のサイレンが追いかけてくる。赤信号を直進する旨、大音響で警告する。音のようすで警察車両につづけて消防車もひかえていることがしれた。桜蔵は歩道が途切れたところで左の脇道へそれた。大学は右手である。遠まわりになるが、静けさを優先した。後方を物々しいサイレンが駆けぬけてゆく。

しかし、この日のほんとうの禍《わざわい》は、そんなものではなかった。

2

坂は下りながらいつしか平坦になり、用水路か排水の側溝か、いずれともつかない川を越えた。彼としては、はじめての道だった。そのまま住宅街の生活道路となる。単線の電車の土手が片側をふさぐ。しかし、どこかで土手を横ぎれば、大学のある地区へぬけるはずだ。桜蔵はそのつもりで土手にそって走った。

道幅はせまく、車とすれちがうには土手下の草生《くさむ》した路肩へよけなければならなかった。犬の糞がこっそりと捨ててあるようなところだ。桜蔵はその道で、車よりもたちの悪い障害物に遭遇した。前方に三輪の自転車が走っている。大型の荷台がついた運搬用の自転車である。

いまどき、そんな旧式の自転車が現役であることにもおどろいた。大雨にもかかわらず山のような荷を運んでいる。古着らしい衣類を無造作にロープでくくり、うずたかく積みあげているのだ。積み荷は横方向へもふくらんでいる。それが道をふさぎ、追い越したくても追い越せない。

資源として回収する衣類毛布のたぐいにちがいないが、どしゃぶりの雨にぬれている。

その積み荷のために三輪車はあきれるほど進みがのろい。漕ぎ手はどうやら脚力のおとろえた老人だ。雨具を着こんだ背中が小山のように盛りあがっているのは、骨が曲がっているせいだった。

あいにく線路の土手はしばらくつづく。いっぽうで、その土手の向かいは住宅の門口が連なるばかりで横道はなかった。

先を急ぐ桜蔵は三輪車に道をゆずってもらうべく声をかけた。

「すみませんが、どちらかの端へ寄ってもらえませんか」

二度、三度と声かけをこころみた。しかし、いっこうに聞きいれられそうもない。老人であれば、耳も遠いだろう。さらにこの雨では、桜蔵の声など雨音にかき消されてしまう。そのうち三輪車は、ゆらゆらと揺れはじめた。山が動く。荷が重すぎるのだ。雨にぬれたぶん重みも増したはずで、老人の脚では支えきれなくなっていた。左右のゆれ幅は、ますます大きくなった。ロープがゆるんでいる。ついに三輪車の荷台で崩落がはじまった。

どすん、とひとかたまりが落ち、またべつの束が落ちる。十字にひも掛けしてあればまだしもだが、それすら落ちたはずみでほどけ、古着がばらまかれた。桜蔵は踏みつけないようジグザグに進まなければならなかった。

老人も落下に気づいてうしろをふりかえった。それがよくなかった。バランスをうしない、あわててブレーキをかける。その反応はものごとをさらに悪化させた。積み荷はどっとくずれ落ち、狭い道はたちまち古着でふさがれた。

この惨事に、桜蔵の後続の自転車はＵターンをして、そそくさと逃げさった。歩行者はちらばった荷物をまたいでゆく。だれも回収を手伝おうとはしない。朝のせわしない時刻なのだ。しかも大雨がふっている。

雨にかすむ前方に小さな駅舎がみえた。警報機が鳴り、電車の到来を告げている。それに乗りこもうとする人々は、なおさら立ちどまってなどいられない。ふりむきもせず駅へ急ぐ。

桜蔵は老人の自転車に接近しすぎていた。荷崩れの真っただ中へ突っこみ、荷物のひとつに乗りあげてとまった。これではもう、手を貸さないわけにはいかない。

そこへ、さいわいにも巡査が通りかかる。ちかくの交番勤務につく途中だった。これで助っ人はできたものの、桜蔵はますます逃れられなくなった。

巡査とふたりがかりで三輪車の下敷きになった老人を助けだした。予想以上の高齢で、背中ばかりか腰も曲がっている。その変形したからだは、山積みの荷を運ぶにはあまりにも小さい。怪我はなさそうだが、うまく立ちあがれない。ひとまず、近所のガレージを借りてすわらせた。

桜蔵は巡査とともに古着をひろい集めて三輪車の荷台へ運んだ。思いがけず雨の路面は色とりどりの布地で華やいだ。

とりわけ琥珀色《こはくいろ》の生地に紅い花を染めた布地は、唐紅《からくれない》に水くくるとは、の風情だった。ひろいあげようとした桜蔵は、それがただの唐紅ではなく、飛び散った血痕であることに気づいた。本来の柄である草の実と葉が鮮血に染められている。手がとまった。

　かたわらの巡査の表情も硬い。よくみれば、その制服にも点々と血が飛びちっている。それぐらい、生々しい血痕だった。まさに、今ながれだしたばかりの血のいろだ。

　さわらないように、と目で合図をする巡査にしたがい、桜蔵は古着からはなれた。友禅染めの着物のようだが袖はなかった。

「あとは私が対応します。ご苦労さまでした。念のため、連絡先を教えていただけますか。証言が必要になるかもしれないので」

　事件性があれば、の話だ。古着にくるまれた包丁があらわれるとしても、凶器とはかぎらない。しかし、日常生活のなかでも流血沙汰はある。魚をさばいたり、カッターで段ボール箱を解体したりするさい、手もとが狂えばたやすく出血する。

　すくなくとも、殺人事件よりは家庭内の事故のほうがありうる。衣類のもとの持ち主は何らかの理由で衣服に血痕をつけてしまい、洗濯を断念してそのまま捨てたのだ。

　ものぐさや粗忽《そこつ》さによる、血まみれの服にすぎない。だが、桜蔵は求めに応じて学生証をだした。巡査がそれを手帳に控えるのを待ち、ようやくその場を離脱した。走り去る背後で、無線を通じて応援を要請する巡査の声がする。雨が降りしきるからか、水のなかで聞くようにくぐもった声だった。

　このできごとで、桜蔵は二十分ほど余分に時間を費やした。だが、その朝の災難はそれだけにとどまらなかった。

3

　遅れを取りもどすべく、可能なかぎりマウンテンバイクの速度をあげる桜蔵だったが、依然として雨脚は激しく思うように走れない。土手をこえて、今は大学にちかづいている。雨でかすんでいなければ、もう建物が見えるはずだ。

　十字路にさしかかる。速度を落として前方のミラーを確認した。傘をさした小さな人が歩いてくる。その傘が真っ黒でなければ子どもだと思うところだったが、黒地に白ぬきで江間《えま》などと染めた無骨な傘だった。小学生ではありそうもない。

　一時停止して歩行者が横ぎるのを待つ。桜蔵のまえを、曲尺《かねじゃく》のような腰おれの婆さんが歩いてゆく。そのまま通りすぎるのかと思えば、たちどまってふりかえった。

「おにいさん、そのヒレをどこでひろいなすった」

「……ひれ？」

ヒモの聞きまちがいだろうか、と桜蔵は悩んだ。

「ほれ、そこに」

婆さんの指さす先をみれば、たしかに桜蔵のマウンテンバイクの前ハブに黒っぽい布がからまっていた。

さきほどの騒ぎで、ボロをひろってしまったのにちがいない。そういえば回転がおかしかったと、いまさら思いあたり、さっそく布を引きぬいた。

「血がついてるね」

ぎょっとなり、桜蔵は指先から布をふるい落とした。すかさず婆さんがひろいあげる。

桜蔵の目には血など見えなかった。それは黒々している。ヒモか、ゴムの切れ端といったところだ。

「おやおや、ヒレじゃなかった。蛟《みずち》の死骸だ。まだ、小さいやつだよ。雨に浮かれて、道端を走りまわっていたんだろうさ。おにいさん、ひき殺したね」

ひき殺した、などと聞き捨てならないが、まともに相手をする必要もない。

これは自分の名前や住まいを忘れさって徘徊する老人なのだ。もっとはやく気づくべきであった、と桜蔵はかかわってしまったことを悔やんだ。

「あたしはべつにマルキじゃないよ」

歯のない口で、そんなことを云う。桜蔵はこれ以上話しかけられるまえに逃げるつもりで、婆さんをかわして先へ進んだ。

だが、レインウエアの脇腹をつかまれた。

「おにいさん、このあたりに郵便局はないかね？」

あるにはあるが、と桜蔵は腕時計をみた。九時十五分まえだった。

「……この時間はまだ閉まっていますよ」

駅前ならまだしも、住宅地の郵便局では窓口業務の開始は九時である。桜蔵の授業も九時にはじまる。彼にはそのほうが気がかりだった。

婆さんは四角い小包をかかえている。まるで遺骨を抱くように布でくるんで首から吊《つ》るしているのだが、そうと思えなかったのは布地が白ではなく宝珠や瑞雲《ずいうん》などの縁起ものを散らした柄であったからだ。

もともと座布団を二つ折りにしたかのごときありさまの婆さんなのだが、その包みの重さのためか、馬とびの馬の役かと思うほど前かがみになっている。

「荷物の発送ですか？」

婆さんはうなずいた。

「若いもののギョクは重くてかなわないよ。この世への未練が強いんだ。おまけにまだ熱い。そこの三昧場《さんまいば》で朝一番に焼いたのをもらってきたところさ。親方の好物なのさ。焼いて喰うと旨いって。あたしは冷やして黒蜜をかけるのが好きだけどね」

ギョクとはなんのことか、さっぱりわからない桜蔵だったが、わかる必要もなかった。重要なのは、頭のネジがゆるんだ老人から迅速かつ穏便にのがれることである。

「もしお急ぎなら、宅配便で出したらどうですか？　この先の信号のところにコンビニエンストアがありますよ」

「そうするかね」

きめかねているようすの婆さんにつきあう余裕も義務も桜蔵にはない。道なりにまっすぐだと伝え、自転車を走らせた。重くてかなわない、と云われて聞き流すのは薄情ではあるが、彼もまたどしゃぶりの雨に難儀している学生なのだ。授業の開始時刻がせまっている。婆さんを置き去りにして信号までたどりついた桜蔵は、そこでうしろをふりかえった。雨の靄につつまれて十字路はかすんでいる。小さな老人の姿はもうどこにもなかった。

4

雨はますます酷くなる。桜蔵は予定よりだいぶ遅れて大学の駐輪場に到着した。始業時刻を過ぎ、すでにほかの学生の姿はない。桜蔵にとって在学二年目のこの夏のはじめ、学生会の要望で駐輪場の屋根が設置された。それ以降、はじめての本格的な雨の季節となる。

屋根の下で、桜蔵はほっと息をつく。雨に打たれながら走るのは、思った以上に疲れるものだった。防水カバーをかぶせたディパックを足もとへおろし、ヘルメットをはずした。

屋根に打ちつける雨音は、耳が聴きとろうとするあらゆる音を絶つほどやかましい。予算のつごうで材質を誤ったとしか思えない。それでも、雨をしのげるのはありがたかった。桜蔵は雫《しずく》が内側へはいらないよう、そろそろとレインウエアを脱いだ。

雨にぬれて重い。そのまま捨て去りたいほどだが、駐輪場の屋根の梁に吊るしておく。ほかの学生たちもそうしている。自転車のグリップをハンガーとして利用する者もいた。だれしも、ぬれたまま校舎へ持ちこむのはまずいと思うらしい。

レインウエアのすそから滴《したた》り落ちる水はいつまでも途切れない。それほどの雨だった。駐輪場の足もとはコンクリートの床だが、いまや浅い水たまりが一面にひろがっている。

ここで、桜蔵は失態に気づいた。自転車通学ではヘルメットで雨をしのぐ。そのため、傘のことなどすっかり忘れて家をでてきたのだ。

駐輪場から校舎までの数十メートルの小径に屋根はない。郊外キャンパスだけに、それぞれの施設や建物は島のように孤立しているのだった。それが定期航路のような小径で結ばれている。

桜蔵はため息をもらし、ふたたびずぶぬれのレインウエアを着こんだ。下衣は要《い》らないので、ジャケットだけだが、それでも脱いだときよりずっしりと重い。

雨は地面に突き刺さるかのように激しく降りつづけ、あたりは白くぼやけている。たたきつける雨と噴霧、視界をさえぎる水の幕とで、まるで滝壺《たきつぼ》にいるようだった。湿気は地面からも立ちのぼり、視界はすこぶる悪い。点在する木立はおろか、目のまえの小径さえも見えない。

駐輪場の屋根の下で、桜蔵は雨が弱まるのを待った。授業が始まっていることを思えば気はせくが、雨にゆく手をはばまれている。

5

始業から二十分ほどが過ぎた。いっこうに降りやむ気配のない雨と水けむりは、数メートル先の景色をも消し去る。そろそろ決断をするときだった。桜蔵は雨のなかへ飛びこもうときめて、一歩を踏みだした。とたんに、尋常ではない水圧に襲われた。地面にたたきつけられそうになる。小径の敷石がどこにあるのかもわからない。足もとは川のようだった。木屑や落ち葉が漂流してゆく。流れは駐輪場の支柱にぶつかって渦を巻き、水しぶきをはねあげる。

桜蔵はハイカットのスニーカーをはいていたが、がぶがぶと水を呑みこんでなかば水没している。泥水はところによってくるぶしまで達した。家をでたときは、桜蔵もここまでの雨になるとは思っていなかった。雨量を甘くみたことを悔いても、もはや遅い。

ひどい降りだった。とにかく校舎にたどりつくことだけを意識して、桜蔵は雨のなかを進んだ。自分では走っているつもりだったが、突き刺さる雨に打ちこまれて足がとまる。ゆく手をはばむ雨の柱はとぎれることなくどこまでもつづいた。それでもようやく、おぼろに建物の影が見えた。扉がある。

いつもの自動ドアでないことを一瞬だけ訝《いぶか》しんだものの、雨から逃れたい一心だった桜蔵は、その扉をあけてなかへはいった。

暗い廊下だった。奇妙なにおいがしている。黴《かび》とほこりと機械油とがいっしょくたになった物置などではおなじみのにおいのほかに、熟しすぎた糸瓜《へちま》か胡瓜《きゆうり》のようなものが、どこかにありそうだった。

桜蔵はうっとうしいレインウエアを脱いだ。床に溜まるほどの水が滴る。その足もとをみつめて、なおさらうろたえた。粗いコンクリートの土間である。あきらかに目指す校舎とはべつのどこかへ入りこんでいた。

そこは木造の建築物のなかだ。天井板のない平屋建てで、明りとりか煙ぬきのための高窓が設けてあった。土間のとなりは一段高い板の間である。つづいて畳敷きの部屋があり、そこからさらに奥へと廊下がつづく。

かなり大きな家だが、そんな木造建築が大学構内にあるはずはなかった。桜蔵の通う大学は都心部からこの武蔵野に移転してまだ十年とたっていない。建物はすべて新しく、金属とコンクリートとガラスでできている。ロビーホールの床は化粧大理石だ。土間であるはずはない。

はいってきた扉をふりかえった桜蔵は、嵌《は》め殺しの磨《す》りガラスに〈関係者以外立ち入り禁止〉の逆さ文字をみつけた。扉の外でそれを読むべきだった。さいわい、警報装置は作動しなかった。桜蔵はしばらく立ちどまって奥の気配に耳をそばだてた。

ここでも屋根を打つ雨音がうるさい。それと重なるように、べつの連続音がした。ダダダ、ダダダ、ダダダダと聞こえる。

ふたたび雨のなかへ突入する気が萎えていた桜蔵は、雨宿りをさせてもらうつもりで、断りを云う人をさがした。

「すみません。どなたかいらっしゃいませんか？」

声をかけるが、応答はない。

6

桜蔵は土間の長押《なげし》にフックが取りつけてあるのをみつけた。訪問者はコートや上着をそこにかけるものらしい。

黒光りする長短のフックの組みあわせで、長いほうの先端は蝶の舌——ただしくは口吻《こうふん》であるが——のように渦をまいている。

それは弾力があり、マフラーや帽子を挟むのに適している。短いほうは固定されたL字型である。

桜蔵はあいている金具を選んで、レインウエアを吊るした。うかつだったが、そのときになって袖に縫いつけられたネームタグに気づいた。白地に手書きで〈Sam〉とある。

水びたしで着心地が悪いと思いこんでいたが、そもそも他人のものだったのだ。駐輪場でとりちがえたにちがいない。〈Sam〉が何者であるかは知らない。学生のだれかだろう。

　桜蔵はまたひとつ面倒を背負いこんでしまった。本来の持ち主の〈Sam〉はいまごろ授業中のはずだ。〈Sam〉が駐輪場へもどるまえに返却できれば知らん顔もできる。それまでに雨が小止みになってくれればの話ではあった。

　それにしても、と桜蔵はこの状況に困惑した。〈Sam〉のレインウエアは雨具と呼んだほうがふさわしい形状の、黒くごわついた手ざわりで桜蔵のものとはまったく似ていない。にもかかわらず、駐輪場でまちがえたことが、桜蔵としては腑に落ちないのだ。

「おや、おにいさん、また会ったね」

　あの婆さんだった。よりによって、と桜蔵は嘆息をもらした。悪い予感がする。

「川向うも雨かね」

　婆さんはまたもやおかしなことを云う。川まではまだ遠い。桜蔵はその方面からきたのでもなかった。どこの川の話かと悩んだ桜蔵は、まもなくまともに受けとめた自分の愚かさに腹をたてた。これは頭のイカれた婆さんなのだ。

　とはいえ、若者の桜蔵でさえ足どめされた雨のなかを、こんな婆さんがよく歩けたものだ。しかも、綿毛やクモの糸を丹念に集めた鳥の巣のような頭はぬれていない。

〈関係者以外立ち入り禁止〉の扉がひらいた気配もなかった。婆さんはとっくにこの家に帰りついていたのだ。

　こう見えて健脚らしい。いまや、歯もそろっている。入れ歯を装着したらしい。すっかり商売人の顔である。隠居ではなく、はたらき手としてここにいるわけだった。洗いさらした藍染めのうわっぱりを着て、首には古裂《こぎれ》をはぎあわせたマフラーを巻いている。四角い包みはもう持っていなかった。

　土間には昔風の丸いガラスの電灯を吊ってある。

　ダダダ、ダダダ、と節のある音がひびく。桜蔵はその音をいぶかしんだ。記号にすれば——・——・となる。雨にしては不自然だった。

　それは屋根にたたきつける雨音ではない。建物の奥から聞こえてくる。機械的に、しかしリズムは必ずしも一定ではない。

「……あの、この建物はなにをするところですか？」

「ここ？　縫製工場だよ。古着を仕立て直すんだ。洗い張りや染みぬきをして、ほころびをつくろい、アイロンをあてて。あれや、これやはぎあわせることもあるよ。つぎはぎ服というのが、若い連中には人気があるらしいからね」

　いつの若者の話だ？　と思いつつも、桜蔵は口をはさむのはやめた。

さきほどから聞こえていたのは複数の人がミシンを踏む音であったのだ。音が一定でないのは、それぞれの作業内容に差が生じるからだ。太鼓を打つように空気をふるわせる振動をともなっている。

　雨音のほうはいくらか弱まったらしく、ミシンの音のあいまにサーサーと聞こえた。

土間の壁には何枚もの古い納品書を鋲《びょう》で留めた掲示板がある。

そこに〈江間衣服縫製所〉の文字を読みとることができた。婆さんがさしていた黒傘にも江間の文字があった。

あれはこの縫製所のそなえつけだったのだ。土間に置かれた大ぶりの焼きものに、おなじ傘が何本かはいっている。

「お借りできますか？　実は傘を持たずに家をでてきてしまって」

　桜蔵は傘を指さした。

「かまわないよ。だけどおにいさん、その血だらけの服で出あるくのはまずいんじゃないかね？」

「血だらけ？」

　そう云われて、桜蔵ははじめて自分の服を気にした。洗いたてのTシャツとジーンズのはずだった。だが、どちらも泥だらけで、しかも血まみれだ。

桜蔵は息をのむ。Tシャツもジーンズもたしかに彼のものだが、その血がどこでついたのか、まったく身におぼえがない。

ボロの回収を手つだったときは、レインウエアを着ていたから、血染めの服をつかんでしまったとしても中に着ていた服まで汚れるはずはない。

桜蔵はさきほど脱いでフックに吊るした〈Sam〉のレインウエアのところへ急いだ。なぜかフックごと長押からはずれて土間に落ちている。ひろいあげて、内側を確かめた。

疑ったとおり、血がこびりついていた。生々しく滲《にじ》んだところもある。原因はこれだったのだ。

7

「なにをやらかしたんだい？　だいぶ重そうだ」

たしかに尋常ではない重さだった。雨にぬれた重みだけとは思えない。鉛の錘《おもり》を縫いこんであるようだ、と桜蔵もそれを怪しんだ。

「大それたことにちがいないね。人殺しかい？」

「人殺し？」

桜蔵は冷静さを保とうと努めている。この婆さんは正気ではないのだ。

「……いったいなんの話をしてるんだ」

「しらばっくれても、ムダだよ。その衣《え》文《もん》掛けは特別製だからね。罪の重さによって、浅くも深くもおじぎをするんだ。掛けた服が落ちるのは、重罪ってことさ。おにいさんの罪はここにもちゃんと書いてある」

婆さんは、隅の机に向かい、黒表紙で綴じた台帳らしきものをめくりはじめた。受注書や納品書の類か、あるいは売り掛けの帳簿か、その両方を兼ねるのかもしれない。この縫製所の経理におけるペーパーレス化は進んでいないが、商いは繁盛しているとみえ、台帳の厚みは十センチ以上もあった。

伝票の文字は手書きだ。細かい数字と、かなくぎ流の文字が書きこまれている。朱色が緋《ひ》鯉《ごい》のうろこのように連なっているのは、いちいちの末尾に認め印を押してあるからだ。

婆さんは、指先をなめながら紙をめくる。朱肉で染まった手である。朱というより紅殻《べんがら》だ。神社の鳥居や欄干《らんかん》の色だった。

それはもう洗っても落ちないほどに染みこんでいる。長年この仕事をしている証《あか》しだと思われる。

「忘れているなら教えようか。ただし、忘れたって罪が消えるわけじゃないよ。この江間《えま》帳の記録によれば、おにいさんの場合は、まさに自業自得だったわけさ。女を殺《あや》めたのとおなじ日に、バイクで転倒して命を落としたんだからね。坂道でブレーキがきかなかったんだ。倒れたところへ、後続の車が乗りあげた。そのシャツを脱いだらタイヤの跡があるよ。あらかじめブレーキに細工したのはおにいさんが手にかけた女だからお互いさまではあるけどもね。痴情のもつれってのはそういうものさ」

妄想が語られる。ひとまずは婆さんの話を聞くことにした桜蔵だが、簡単には終わりそうもない。婆さんは土間につづく板の間へあがり、そこの戸棚から映写機とフィルムを持ちだしてきた。

「おにいさんの罪の記録だよ。ちゃんと映画として保存されているんだ。ごまかしはきかないよ」

「映画？」

廊下と板の間の仕切りに天井から暗幕を吊るしてある。婆さんは端へよせてあったそれを引いた。

もとより窓のない暗い部屋が、いっそう暗くなった。電灯も消された。かわりに映写機の光源があかるい。

土間の古びた漆喰《しっくい》壁がスクリーンとなる。廃れたはずの八ミリフィルムがここでは現役だった。婆さんが壁を指して「みてごらん」と云う。

さっそく映しだされたのは、呪術めいた書体で彫られた印章を拡大したようなものだ。

フィルムを製作した会社の商標と思われた。複雑にからみあう線は密にひしめく。蠢《うごめ》いている！

そう思ったのは桜蔵の錯覚ではなかった。文字の点画のはじまりや終わりに細い棘《とげ》かひげのようなものが巻きついていて、それがふるえている。

偏《へん》と旁《つくり》がバラバラになって、丸い枠のなかでゆれ動き、ほぐれてゆく。

「どうだいおにいさん、目まいがするだろう？　この鏡は浄玻璃《じょうはり》といって、あんたが生きていたあいだにやらかしたよいことも悪いこともぜんぶ洩《も》らさず映すんだよ」

「鏡？」

光源がもたらす矩形《くけい》の窓を、婆さんは鏡と呼ぶ。いつしか画面は白くなる。そこへ、紅い滴が点々と飛び散った。血の色をおびている。

目をつぶってもなお、黒い染みとなって残る。

桜蔵がふたたび目をあけたとき、そこはもはや土間ではなかった。

8

椅子とテーブルの脚がせまい場所で重なりあっている。桜蔵が最初にみたものはそれだ。理由はわからないが、彼はいま床に伏している。

背景は赤茶けたキャビネットの化粧扉で、合板に木目もようをプリントしてある。床はぼやけた緑と斑《ふ》入りの白とを市松にならべたリノリュウムである。せまくるしい玄関があり、扉の小さな窓は軒先の灯《あかり》が放つ橙色《だいだいいろ》に映えている。

それらは、ここが安普請《やすぶしん》の家であることを明かしている。つまり、自宅でも実家でもない。どこかのキッチンのようだが、桜蔵の知らない家だ。

いつのまにか夜だった。玄関にはサンダルや靴がやや乱雑に脱ぎおかれ、古雑誌やビール瓶もならべてある。

　玄関の壁に釘で打ちつけたコート掛けに、乾いてごわついたレインウエアが吊るしてあった。その袖口に〈Sam〉の文字がみえる。

　爪先を紅くした女がいる。

　歩くたびに膝のあたりで布地のすそがゆらぐ。琥珀色の地に、緑の葉と紅い実が描かれている。友禅染めの着物のようだが、仕立ては洋服だった。真紅のネイルカラーは布地の差し色にあわせて、選ばれたのだ。

　女の脚は白く筋肉質で、それはなにかのスポーツで鍛えていることと年齢が若いことをあらわしていた。

「あの女はだれなの？」

　抑制のきいたアルトで訊《たず》ねる。どことなく聞きおぼえのある声だと思ったものの、桜蔵はそれがだれかを特定できなかった。

　女はまな板で胡瓜かなにかをせわしなく刻んでいる。ふだん着ではなさそうなワンピース姿にそぐわない。ガス台の深鍋から湯気がたちのぼる。麺をゆでているふうだった。

　桜蔵は先ほどから声を出そうとしていたが——ここはどこかと訊《き》こうとして——果

たせなかった。理由はわからない。夢なのかもしれない、と思いはじめた。

彼はこの場にいながら、完全に部外者なのだ。透明な存在としてこの家にはいりこんでいる。ゴーストとして、と云うべきかもしれない。

桜蔵は男の目を通して景色をながめているのだ。憑依《ひょうい》している、というほうが感覚としては近い。男はメタル系のアクセサリーを好み、ファッションとしてタトゥーを入れている。

複雑な文様である。呪詛《じゅそ》か護符かはしらない。タトゥーだけでもうっとうしいのに、身につけた金属の鋲や鎖がじゃらじゃらと音をたてる。

桜蔵はこの男が〈Sam〉かもしれない、と思う。紅いネイルカラーで爪先を彩る女は、さきほどからくり返し、べつの女のことでこのタトゥーの男を問いつめている。男は黙りこんでこたえない。

リノリュウムの床に、砕けた陶器がちらばっていた。男女のあいだに争いがあったようだ。男は横たえていたからだを起こし、その陶片をひろいはじめた。手のひらへケルンのように積みあげてゆく。

奇妙な男女である。ふたりのファッションはかみあわない。女はどこか気のきいた店で外食でも、という身じたくなのに、男は単車で暴走をはじめそうなかっこうだ。

欠けた茶碗に未練があるらしく、手のひらに積みあげた陶片をしげしげながめている。

女は冷麵を盛った皿をテーブルにならべた。それを食べはじめる。

「なんとか云ってよ」

責める声を、桜蔵は男の耳を通じて聞く。

「だから、どの女の話をすればいいんだ？」

男はぶっきらぼうだ。

「それを買った店にいるひとよ」

「骨董《こっとう》屋のことなら、あの若主人は男だ。老いた隠居とふたり暮らしで、女の従業員はいない」

「とぼけないで。あのひとが女だということはわかってるの」

「茶碗を買っただけじゃないか」

「そうね。そうして奥の間で茶碗を愛《め》でるのよね。あそこはそういう店だもの」

「勝手な想像をするな」

男は後頭部を手でなぞる。その指がにじんだ血で染まった。

「ただのかすり傷よ」

「……たぶんな。もう帰れよ。そろそろ点呼の時間だろう。寮にいないことがバレたらまずいぞ。しかも、そんなかっこうで」

「あたらしい服なのよ」

「どこが？　古着じゃないか」

「仕立て直しだもの。上等の友禅をワンピースにリフォームしてあるの」

「つぎに買うときは、足首まで隠れる服にしろ。そのほうが女らしくみえる」

「ろくでなし！」

女はしゃがんでいる男を蹴飛ばした。あおむけによろけた男の胸を筋肉質の脚で踏みつける。

背中の下に陶片かなにかがあったらしく、男はおおげさに呻《うめ》き声をあげた。その声で女がひるんだすきに、こんどは男が逆襲する。

怒りにまかせてなのか、女の膝下をつかまえて引きたおした。あっ、とみじかく叫んだ女は、ドスンと音をたててくずおれた。反則のタックルだった。

それで終わった。女は倒れるさいにテーブルの角に頭を強打した。側頭部から血を流して動かない。

目はあいたままだ。しかし、もうなにも見ていない虚《うつ》ろなまなざしだった。びくん、とからだがふるえ、かすかにひらいた唇から血があふれでた。

「うるさいぞ」

隣の部屋の住人が壁をたたいて抗議する。桜蔵の視界もそこで真っ暗になった。

その直前、リノリュウムの床に鮮血がひろがるのをみた。

9

映写機のフィルムが終わった。羽虫のような黒点がいくつか浮かんでは消える。

桜蔵はコンクリートの土間に、ぼんやりとたたずんでいた。空回りする音がひびく。坂道をくだる自転車のリムの音のようだ。

映写機の光源に照らされた漆喰の壁にひび割れができている。羽虫が飛ぶ。

「つづきは次の巻だよ」

婆さんは手にしたいくつかのフィルムケースのラベルを読みとろうとしているが、よく見えないようだ。なかなか目当てのものを探しだせずにいる。

「メガネがないと、まったく不自由だよ。忌々しいことになにも読めやしない。どこへ消えちまったのかね」

それは、鳥の巣のようにこんがらがった婆さんの白髪に埋もれていた。

「髪の毛のなかに」

「おお、そうだった。忘れていた。つづきをみるかい？」

「……もうじゅうぶん」

その意見は無視された。婆さんは、あたらしいフィルムを映写機にセットする。

「あんたはこのあとレンタカーを借りてくるんだよ」

黒い斑点がちらつくばかりで、なにもはじまらない。

「ふん、この雨で黴でも生えたかね」

黒点は血痕のようでもある。ようやく映像がはじまった。

男は血にまみれた女の頭にタオルを巻きつけ、玄関にあった〈Sam〉のタグがついた黒い雨具を着せた。それから、アパートの外にとめていた車のリアシートへ運びこんだ。

車は夜道を走り、どこかの寮につく。そこは女の住まいだった。あたりはひっそりと暗い。

男にとって都合のよいことに、女の部屋は通りから奥まった一階にある。

男は女の部屋の間どりを熟知しているのだ。明りもつけずに忍びこむ。暗がりのなか手さぐりもせず、なにかにつまずいて音を立てることもない。ただ、布地のすれる音ばかり聞こえた。

しばらくして男はポリ袋をひとつ手にして車へもどった。血の紅が透けてみえる。ばらか椿《つばき》の紅い花片のようでもある。それを通りすがりのゴミ集積所へ投げすてた。男はひきつづき車を走らせ、どこかの事務所のガレージに立ちよった。そこで車を洗い、持ちこんだ薬品で念いりに車内の消毒をすませた。さらに、ガソリンスタンドで給油して車をレンタカー会社に返した。

自宅へもどった男は旅の身じたくをする。バイクで逃亡するのだ。ブレーキに細工がしてあるとは知らないまま、山越えの道を猛スピードで走ってゆく。

やがて、カーヴのつづく峠で事故を起こして死んだ。

「どうだい？　こんな死にざまでも、すでに犯してしまった罪が減るわけじゃない。それはそれとして裁きを受けるんだ。殺された女もおなじく。ブレーキに細工した罪をつぐなう」

「だから、あの男はおれじゃない。レインウエアのことなら、駐輪場でまちがえたんだ」

「人ちがいだって？」

婆さんは、メガネをはずして桜蔵を見た。遠近の調節が狂っているその目はふさがりそうなまぶたの奥にあって、どこを見ているのかさえよくわからない。

「たしかに、そのようだ。おにいさんかと思っていたら、あんたは女じゃないか」

それも見当はずれであったが、桜蔵としては殺人の誤解が解ければまずはよかった。つぎは、ここを立ち去るだけだ。

「おれ、授業があるのでこれで。雨もおさまったみたいだし」

いつしか雨音は聞こえなくなっている。傘を借りるまでもなかった。

「そのまえに、服を脱いでもらうよ。そういうきまりなんだ。人ちがいだろうとなんだろうとね」

「脱ぐ？」

たしかに血染めの服で大学へはもどれないが、と桜蔵は朱の染みついたTシャツをながめた。

血液は何で落とすのだったか――大根おろし？

「ここへ来たら、だれしもこの婆《ばば》の立ちあいで浮世の罪の重さをはかることになっているのさ。平等に例外なく。それによって、つぎに渡る川も行きさきもきまる。さあサ、とっとと脱いでそこへ掛けておくれ」

桜蔵は長押を一瞥《いちべつ》する。

〈Sam〉のレインウエアを持ち帰らなくてはならないが、それはまたもやどこかへ失せていた。

「さっさと脱がないとカワハギを呼ぶよ、いいのかい？　あの女たちは荒くれだから、本気で剝ぐよ。ほれ、骨接ぎへいくと待合室に筋肉を描いた絵があるだろう。ちょうどあんな具合になるんだ。どんなイキモノでも皮と身は分けて喰うのが通なのさ。それぞれの味わいがあるからね」

婆さんの妄言は尽きない。講釈しながら机のうえの真鍮《しんちゅう》の呼び鈴を鳴らした。チン、という音の余韻が消えないうちに、奥から濃紺の作務衣《さむえ》姿の女ふたりがあらわれて桜蔵のそばに立った。そろって太り肉《じし》だ。

「さあ、どうする？」

婆さんは椅子にすわって自らの肩をもみながら訊く。

「どうって、おれは大学へもどって授業に出たいだけなんだ」

「もどるって？　あんた、川を渡ってここにいるってことがわかってないんだね」

またもや川の話である。なぜそれがくり返されるのか、桜蔵には見当もつかなかった。

「気のどくに。自分の身になにが起こったのかもわからないほど、突然のできごとで命を落としたんだろうさ。同情するよ。だけど、きまりはきまりなんだ。老若男女貴《き》賤《せん》を問わず、だれもがここで着ているものを脱いで重さをはかる。最後に着ていた服にすべての過去の罪が反映されるんだ。寝巻だろうとミンクの毛皮だろうと関係ない。死にざまによって、まともなのや破れたのや焼けたのがあるというだけさ。それを仕立て直すのが、ここの職人たちの仕事なんだ。裸で死んだら、湯船に浮かべる。浮けば極楽、沈むのはずくなしだから屎《し》泥《でい》沼へおくる」

そういえば、と桜蔵は教科書やノートをいれたデイパックが見当たらないことにいまさら気づいた。

駐輪場をでたときには背負っていたはずなのだが、はっきりしなかった。婆さんに奪われたのかもしれない。つまり、電話も財布もない。

作務衣の女ふたりは桜蔵を挟むようにせまった。手に裁ち鋏《ばさみ》をもっている。作業の途中で急に呼ばれたので鋏を持ったまま駆けつけたというわけではなさそうだと、桜蔵は正しく推測し、女たちの袖まくりした肉厚の腕に目をとめた。

たしかに女なのだが、まだ髷《まげ》を結うことがかなわない入門まもない力士なのだと云われれば、なっとくしたかもしれない。また、そんな風貌である。

目と鼻と口はいずれも頬や顎の肉によって顔のなかほどへ寄せられている。

ふたりの足の親指は、かき餅のようにごつく、ふくれて大きい。歯向かったとしても突っぱりで飛ばされる。あるいは張り手を喰わされるのはまちがいなかった。

それですめば、まだしもという剛力にみえた。さば折りというのは角力《すもう》用語であったと、桜蔵は要らないことを考えた。

「江間さん、それでどこからはじめるの？」

背はひくいが横幅のあるほうの女が腕の力こぶを誇示しながら訊ねる。

「好きなところでいいよ」

「ああ、そうなの」

太い腕がのびてくる。桜蔵はとっさに身をかわして、女の手からのがれた。そのつもりだったが、実際は足ばらいを喰らっていた。

からだが宙に浮く。床へたたきつけられる覚悟で身がまえた。ところが、倒れこんだのは弾力のあるマットのうえだった。

それも、彼の思いちがいである。正しくは寝ころがって待ちかまえていたもういっぽうの女の肉布団だったのだ。それはじわじわと熱く、汗ばんでいた。蒸し風呂にはいっているようで、眠気におそわれる。

桜蔵が茫然《ぼうぜん》となったのは、もはやなにも着ていないとわかったときだ。女も同様である。

逃れようとするが、桜蔵のからだは温《ぬく》もった肉布団に沈みこんで、身を起こすことすらできなかった。

「江間さん、あたし女を抱く趣味はないんだけど」

女の声の振動は桜蔵にも伝わった。これは夢ではないと悟ったのちの彼は絶望的な気分だった。

「わかってるさ。ちょっとつかまえておいてくれればいいよ。そのあいだに服の重さをはかるんだから」

婆さんは桜蔵のTシャツとジーンズをフックにひっかけた。

「はやくしてよね」

「ほれ、もうすんだ。おやおや、どういうわけかね。一ミリたりとも動かないよ」

「だったら、なんでここにいるの？」

電話が鳴っている。机のうえに台帳といっしょに置かれた黒電話だ。「なんだい、いまごろやかましいね」

婆さんは文句を云いつつ、受話器をとった。

「はい、江間屋。……え？　よく聞こえないよ。はっきり云っておくれ。なに？　まちがえて渡したの？　まったく、なにをやってるんだろうね。それで、どうするの。ムスメならまだここにいるよ、このままそっちへもどそうか？……はいはい、じゃあそうするから」

婆さんは受話器をもどして、やれやれとため息をついた。

「渡し場で人ちがいをしたんだってさ。放しておやり」

女たちは舌打ちするものの、逆らいはしなかった。

「あのカワホリ、最近モウロクしてるんだ。あたしら、船着き場でいっしょにヌケガラの仕分けをするんだけど、爺さんときたら皮とゴムの区別がつかないし、酢豆腐を平気で食らうし」

「なあに、ボケたふりをしてるだけさ。そのほうがサボれるからね。おおかた、このムスメに目が眩《くら》んで手をだしたんだ。薬を効かせて川べりに隠したつもりが、手ちがいで逃げだしたってとこだろうよ」

「ふうん、親方にバレたらたいへんだね」

「だからさ、ここはわたしらが助けてやってカワホリに恩を売りつけ、あとでそのお返しをもらうわけさ」

「そりゃ名案だ。向う岸から若いのを狩ってこさせよう。川を渡るはずじゃなかったのはカクベツに旨《うま》いからね」

「……まあ、そんなわけで、あんたは還《かえ》りな」

なにが、そんなわけで、どこへかえるのか、さっぱり理解できない桜蔵だったが、解放されるらしいと判断して、ほっと息をついた。

「それじゃあ、おねえさん。また逢《あ》う日まで。まちがいのお詫《わ》びと云ったらなんだけど、うちで縫った上等の服をあげるよ。はだかで岸辺にもどったら、いろいろとまずいからね」

10

ぼんやりと午前十一時の時報が聞こえた。桜蔵はあいかわらず駐輪場に足どめされていた。

二限目の授業がはじまる。雨音は少しだけ遠のいた。かたわらに巡査がいる。こんなところでなにを？と桜蔵が思うよりさきに、たがいのまなざしがぶつかる。先方の視線の動きが予想外だったからだ。

というのは、桜蔵が友禅の着物のようなものをまとっていて、巡査はそれに注目したのだ。桜蔵は自分がそれを着ている理由がわからずうろたえた。しかし、咎《とが》められるいわれもない。

「……なにかお困りですか？」

とっさの思いつきで、桜蔵のほうから訊ねた。巡査のようすはどこかおかしい。

「いえ、個人的なことです。コンタクトレンズを落としてしまって」

巡査はよくみえていなかったのだ。桜蔵はしゃがみこんでコンクリートの床に目を凝らした。彼の視力はよいのだが、駐輪場のコンクリート床は雨水にぬれている。そこへ照明が反射してみえにくい。

そのとき、桜蔵は巡査がはだしであることに気づいた。しかも、爪先は真紅のネイルカラーだ。みてはいけないものを目にした。どう反応すべきか迷ううち、いきなり殴られた。まさかと思うが警棒で、と意識があったのはそこまでだった。

11

薄暗い部屋である。漆喰《しっくい》の壁が矩形の光を放っている。暗がりでそこだけが明るい。糸くずのようなものがちらちらしたのち、なにかうっすらと姿をあらわした。映像がはじまる。桜蔵はそれをぼんやりみつめた。

雨にけむる景色だった。ひとりの女が雨にぬれて坂道をくだってゆく。ときおり、うしろを気にする。

顔立ちは、雨にけむってはっきりしない。肩にかかる髪は、雨のせいというよりは泳いだあとのようにぬれていた。

桜蔵はその女の服に目をとめた。けさ、なりゆきで古着を回収するはめになった。そのなかにまじっていた血染めの服が、まさにこの女の着ている琥珀色の服だった。日本画のような筆づかいで緑の葉と紅い実を描く。粒があつまって丸い房をつくる果実だ。しかし、その鹿の子菓子にも似た紅い実の名を、桜蔵は思いだせない。

女は片手をあげた。タクシーを呼びとめるような仕草だ。しかし、近づく車はタクシーではない。車は女に水しぶきを浴びせただけでそのまま通りすぎた。

ヒッチハイクをするには、適さない天気だ。ずぶぬれの女をひろうほど酔狂な車があるとは思えない。そもそも、並のドライバーはこんな悪天候の坂道で停《と》まる気などしないだろう。

道端にたたずむ女の姿は雨にかすんでいる。ワイパーをフル稼働中のドライバーにはほとんど見えないはずだ。

彼女は、何台もの車を見送ったのち、ふたたび手をあげた。先ほどとおなじ車種が近づく。フロントグリルに特徴がある。

女はやみくもに車を停めようとしているわけではない。ナンバーもドライバーもみえないほどの雨のなか、車種を見分けているのだった。

こんどの車は、反応があった。ウインカーをだしながら速度を落とし、脇道へそれて静かにとまった。

滑りやすい雨の下り坂にもかかわらず、減速しながら左折してとまるまでが、流れるようになめらかだった。エンジンへの負荷もほとんどなかったことがわかる。おそらく、半クラッチの達人なのだ。

そういう運転をする男を桜蔵はひとりだけ知っている。だが、車種がちがう。助手席側のドアがあく。

女は自分で車を停めたくせに、乗るのをためらっている。ずぶぬれだからだ。

「……いいの？」

「そのために、停まったんだ」

ドライバーにうながされ、女はようやく車に乗りこんだ。

この場面に、桜蔵はショックを受けていた。ドライバーの声はまちがいなく父の柾《まさき》だった。だが、その横顔は桜蔵が写真でしかみたことのない若いころの柾だ。二十代の後半ぐらいだろう。

そのうえ、濡れ髪を垂らした女の顔は、なぜだか自分と似ている。

とはいえ、桜蔵は髪を伸ばしたこともないし、声もちがう。女に見えるような服を着て街中を歩くはずもない。そんな趣味は持ちあわせていなかった。

「白状すると、わたしはあなたを待ちぶせしていたの」

「それは光栄だな」

「ほんとうにそう思うの？」

「めったにない女ならば、悪い気はしない。それに、私はその服に見おぼえがあるんだ。服というより生地にだけどね。あなたは意識していないようだが、それは絹だ。もとは着物であったのを仕立て直したんだろう。そのサネカズラの絵には特別の意味がこめられていた」

「サネカズラ？」

「そう。ある男が女のために絵を描き、それを友禅染めの振袖にした贅沢《ぜいたく》品なんだ」

「どうしてそんなことを知っているの？」

「たまたま着物であったときの持ち主と知りあいでね」

「きれいな人？」

「私が知ったときはすでに白髪の、気品に満ちた老婦人だった。祖母と云うこともできる。火葬のときはその友禅を着せてくれというのが、常からの口癖だった」

「そのとおりにしなかったのね」

「むろん、望みどおりにしたさ。そうしない理由なんてないからね」

「それなら、どうして古着屋へ売られてこのドレスになったの？」

「さあ、火葬場で盗まれたのかもしれない。ああいった場所ではだれしも取りこみ中で、隙だらけだから。それで？　どこまで乗せていけばいいのかな。駅か、それとも家へ？」

「どうしてそんなに平然としていられるの？　わたしは墓場からよみがえってきた亡霊かもしれないのに」

「だからと云って、墓へもどりたいわけではなさそうだ」

女はグローブボックスにおさまっていた黄色い道路地図を取りだし、ひたすらにめくっている。どこかのページをひらくためではなく、すでに心にきめた行きさきを云いよどんでいるのだ。

「……極楽」

「鎌倉《かまくら》の？」

「極楽寺《ごくらくじ》のことじゃない。ただの極楽。それも、俗人がゆくこの世の極楽のほうよ。わたしはほんとうは死んでいて、しかも悪だくみのために地獄ゆきが確定している女なの。ある男を恨んで、彼の愛車のブレーキに細工してやったのよ。だけど、逆にその男に殺された。自業自得ね。たぶん、男も死んだと思う。ふたりして地獄堕《お》ち。でもそのまえに一度だけこの世の極楽を味わいたかった」

「死ぬには惜しい女だ」

「これは借りものなの」

女は胸もとに手をおいて云う。「もちろん、服のことじゃない。皮の話」

「姥皮《うばかわ》のようなものかな」

「……そう、盗《と》ったの。カツラは自分のよ。ふだんからつかってる。ほんとうのわたしはこんな上等な女じゃない。この皮だからこそ、あなたはひろう気になったのよ。もともとの姿だったらみむきもしないはず」

「否定はしない」

「これはめったにない女よ。でも、もう死んでる。わたしが殺してしまった。夜明けになればこの皮も腐るわ。だから、それまでに一瞬でも極楽を味わいたい」

「あなたの話は、いちじるしく正気を欠いているように聞こえるが」

「わたしもそう思う。あのときは、ただもうこの女の皮を奪うことしか考えなかった。だから、後ろから頭を殴りつけたの」

「無傷のようだ。気絶しただけかもしれない」

女は首をふった。

「呼吸をしていなかった。確かめたのよ。殺すつもりはなかったのに」

「殴られた衝撃で宿主の魂が飛びだしただけかもしれないさ。だとすれば、まだ近くに落ちているはずだ。どこで襲ったかはおぼえてる？」

女はうなずいた。

「それなら、こうしよう。ひとまずはあなたの云う極楽へいき、帰りがけに宿主の魂をひろってその皮のなかへもどす」

「手遅れじゃないの？」

「気絶しただけなら、そうでもないさ」

「おかしな人。わたしはあなたが研修医なのも承知なのよ。職場の縁でね」

「やくざな稼業らしい」

「警官よ。……男のときは」

「でもいまは極楽にあこがれるまっとうな女だ」

「医者になろうとする人が、ずいぶんなデタラメを云うものね」

「人間が知っているのは、人間についての、ほんのわずかなことでしかない」

「息を吹き返す望みがあるなら、いくらか気が楽になりそう。この人に恨みはなかったの」

柾は車を走らせた。その道こそ、桜蔵がけさ救急車両を避けるためにそれた道だった。ゆるやかに右へカーブしながらくだってゆく。

「あなたは骨董屋の若主人のところへいく途中だったんでしょう？　わたしは、あの人には少しだけ恨みがある」

「だろうね。あれは人に憎まれるのをたのしむんだ」

「わたしはつまらない男と交際していて、そのつまらない男をあの人に盗られたのよ。もちろん、あちらは、そんな男の記憶もないでしょうけど。あなたという人がいるのだから。でも彼はもう夢中で、給料をつぎ込んで茶碗や壺を買っていた。それをみつけるたびにケンカだった」

車は木立のなかへはいる。前方に建物がみえてくる。石碑があり、〈えんま堂〉と彫ってある。そのかたわらを流れる川のほとりに柾は車をとめた。

12

映像はそこで終わり、しばらくしてまた雨にけむる景色にもどった。おなじ映像がくりかえされる。白い車、柾、皮の話をする女。

「おやおや、あんた、まだいたの？」

いつのまにか婆さんがかたわらにいた。

「妙なものを見ているね」

「……この人物がだれかを知ってる？」

「男のほう？」

「両方男だ。おれが知りたいのは年長のほうだよ」

「あんたのほうがくわしいだろう。稀《まれ》にみる男さ。生かしておくのが惜しいくらいの。それでじゅうぶんじゃないかね」

電話が鳴る。婆さんは受話器をとって、やりとりする。

「機械に糸がからまっただとさ。修理まで、このお婆にやらせるんだ。ちょっと待っていておくれ。ついでに服を持ってくるよ。さっき着せてやったのは、どうしたんだい？ あんたが着ているそれは、けさとどいたばかりでまだ洗濯がすんでないんだ。この雨のせいでね。まったく、世話が焼けるよ。食っていいなら、とっくに食うんだが、親方が――うちの息子のことだけどね――ダメだと云うのさ。あんたには怖い旦那がついているらしいよ」

婆さんは、踏み台をつたって土間のとなりの板の間によじのぼる。桜蔵は婆さんに指摘されるまで、自分の着ているものに注意をはらっていなかった。

それは制服らしきものだ。警察官か警備員か、そうした人たちの制服に似ていた。

しかも血痕がある。

やがて風呂敷包みをかかえた婆さんがもどってきた。よっこいせ、と掛け声をかけてすわり、包みを畳のうえへおいた。

「あんた、背丈があるからさ、服をみつけるのも苦労だよ。あいにく、男ものしかなかったよ。これでがまんしておくれ」

風呂敷の結び目をほどきながら婆さんが云う。あいにくどころか、さいわいだと桜蔵は期待したが、差しだされたのは田舎紳士が着るようなスーツだった。それと型の古い白シャツだ。

どこかの家の洋服ダンスで長らく眠っていたらしく樟脳《しょうのう》の匂いがする。この服があたらしかったころは冠婚葬祭のすべてで活躍したはずの黒いスーツと白シャツである。ネクタイをかえれば、葬式にも披露宴にも子どもの入学式にも出席できる、あのタイプだった。

「雨もやんだようだから、いまのうちにお帰り。もう、もどってくるんじゃないよ。あたしだってね、いつでも親切ってわけじゃないからね。こんな婆には虫の居所が悪い日もある。リューマチだの神経痛だのでね」

「どうも」

礼ともあいづちともつかないようなことを云い、桜蔵は礼服を着た。

土間を出て〈関係者以外立ち入り禁止〉の扉へむかう。

雨はやんでいるが、木立の枝からしきりに滴がおちる。首筋にあたり、桜蔵は身ぶるいした。

13

川の流れる音が聞こえる。それはどこまでも境界線のようにつづき、尽きることがない。橋もなかった。桜蔵の知らない川だ。

川べりをあるきながら、桜蔵はその流れを越えるべきかどうかを悩んだ。助走をつければ飛び越えられそうだった。

向う岸に、車がとまっている。フィルムに映っていた車に似ていた。半クラッチの達人が運転するあのフォードアだ。桜蔵はそこへいきたくなった。

運転席に人影がある。あいにく逆光で顔立ちはよくわからない。

桜蔵は勢いをつけて川を跳んだ。そのまま車に近づこうとしたが、木立のあいだから突如として射《さ》しこんできた残照に目が眩《くら》み、足がとまる。

光は木立のあいだで拡散し、あたりをまぶしく照らした。桜蔵はそれをまともに浴びた。沈む太陽が地平の際で燃えさかる、その輝きだった。

それまで暗がりだっただけに、なおさら強烈な光に感じられた。桜蔵はたまらず手をかざした。まぶたを閉じてもなおまぶしい。

だが、秋の日はあわただしく暮れる。常緑の濃い緑は、はやくも薄闇にまぎれた。あたりはもう暗がりだ。フォードアはどこにもない。

灌木《かんぼく》のあいだをぬう小径に敷かれた砂利が青白く映える。ぼんやりと白くうねりながら奥へとつづいていた。

そのさきに朽ちかけた社があるのだった。

「お迷いですか？　斎場はこちらです。ご案内いたします」

にわかに背後で声がした。ふりかえった桜蔵が目にしたのは、弓張り提灯を手にした男だった。

ゆく手の灯が潤む。闇のなか、水引幕が白帆のように浮かんでいる。

桜蔵は黒のスーツを着ているがネクタイは締めていない。あわててポケットをさぐった。ありがたいことに、それを見つけ、桜蔵はどうにか体裁をととのえた。
足もとでじゃりじゃりと砂利が鳴る。しかし、だれの葬儀なのかはわからない。
前を歩く男の提灯がゆらゆらと闇に浮かぶ。だんだんと、白い水引幕がちかづいてくる。

軒のなかは喪服の人々でいっぱいだった。制服姿の人たちもいる。桜蔵はそこで、いま一度上着の内ポケットをさぐった。黒ネクタイがあったのなら、香典も持っているはずだ。

予想どおり、黒白水引の折れ曲がった包みが見つかった。彼にはもう、婆さんが奥から持ってきたこの服の由来がわかりかけている。

あの縫製所では死人の服を集め、それを再生させているのだ。彼が着ている礼服の元の持ち主は葬儀に向かおうとして不運にも命を落としたにちがいない。弔うつもりが道づれになる例はあんがい多い。

斎場の軒先にたどりついた桜蔵は、受付で香典を渡した。誦経《ずきょう》のなか、焼香がはじまっている。遺影をみた。

それは制服姿の巡査だった。

14

どこからかアラームが聞こえる。目を醒ました桜蔵の視界はまだぼやけている。

周囲では、ざわざわと人の気配がやまない。

だれかが耳もとで左近《さこん》さん、左近さん、と呼びかける。桜蔵は耳をそばだてた。

白衣の人物が、お名前を聞かせてくれますか？　と問いかけてくる。桜蔵は名乗り、ついで生年月日をたずねられて、それも答えた。

「どこか痛みますか？」

「いいえ」

「どうしてここにいるのかは、わかりますか？」

「……いいえ」

「交通事故で緊急搬送されたんですよ。あなたのすぐうしろを走っていた自転車がスリップして倒れ、巻きこまれての事故でした。沿道の家の植えこみまで飛ばされたおかげで、外傷はほとんどありません。ですが、すぐに意識がもどらなかったのでいまはERにいます。このあと医師の診察があります。問題がないようなら一般病棟に移ります。あすMRI検査をして、結果しだいでは一両日中に退院できるでしょう。いま、ご家族を呼んできますからね」

まっさきに駆けこんできたのは弟の千菊《ちあき》だった。どちらが患者なのかを疑いそうなくらい、青白い顔をしている。学生服姿だ。

母と柾は看護師となにか話をしていた。そのようすに緊迫感がないことから、桜蔵も深刻な状況ではないのだと安堵《あんど》した。あわせて、まるでふつうの家族のようではないか、とも思う。

自分も弟も柾という男の庶子で、母は正式な妻ではない。歪《ゆが》んだ関係性の親子である。そのうえ、正妻の遠子《とおこ》は何もかも承知で柾の身勝手を黙認しているのだから、もはやだれがまともなのかさえ怪しい。

強いてあげれば、まっとうさにおいては千菊がいちばんだろう。だが、彼もまた身のうえを嘆くわけではない。幼いころはともかく、いまはもう桜蔵同様にこの家族のありかたを納得している。

「どこも痛くないの？」

千菊が目を潤ませて訊く。

「……大丈夫だ。心配をかけて悪かった。といっても、なにがなんだか自分でもわからないんだけど」

「六時間ちかく、意識がなかったんだよ」

「……そうか。奇妙な夢をみていただけのような気がする」

「長すぎるよ」

「昼寝にしては、そうだろうな」

桜蔵は夢の中身を訊いてくれるな、という意味で笑いかけた。察しのよい弟は、それを了解してうなずいた。べつのことを云う。

「雨の日は自転車通学をやめたほうがいいよ。このごろは、降りかたが異常だからね。どのみち、とうぶんはバス通学になるけども」

「なんで？　ドクターストップ？」

「云いにくいんだけど、大破しちゃったんだ。蔵兄《くらにい》のマウンテンバイク。後続のトラックが乗りあげて。ほぼスクラップ。デイパックは無事だったよ」

千菊はそれを手に提げている。たしかに防水カバーもかかったままで変形はしていない。

「タイヤを新調したばかりだったのにな」

「たぶん、蔵兄の身がわりになったんだよ」

理系の生徒である千菊は迷信めいたことを口にしたのを恥じるようにうつむいた。

「だったら、墓を掘って供養しよう」

その冗談に、千菊は泣きそうな顔をあげた。

「本気で心配してるのに」

「……悪かった。スリップした人は？」

「亡くなられた。後続の車のブレーキが間にあわなくて」

「そうか」

すると、桜蔵は雨のなかで境界を越えてゆくロードバイクを見おくったのだ。

看護師との話をすませた母がちかづいてくる。柾はひきつづき、こんどはちょうど診察にやってきた医師と話をはじめた。

「……あんまり驚かさないで。こんなことがあると自転車通学できないような遠い大学へ入学してくれたらよかったのにと思ってしまう」

「どうせ、とうぶんはバス通学だ」

「せめて、雨の日は乗らないで」

「わかった」

その三十分後、桜蔵は一般病棟に移った。そこへ警察官が訪れた。事故現場に居あわせた者として、桜蔵は思いだすかぎりの状況を伝えた。

すべてを話したわけではない。そんなことをすれば、意識障害の症状としてあつかわれるのはまちがいなかった。

あの坂道で、桜蔵は車道を徐行で走っていた。前方を走る車が水しぶきをあげながら遠のく。そこまでは現実だと断言できる。

だがロードバイクに追いこされ、サイレンを耳にして脇道へそれたあとのできごとは、うかうかと人に語るべきではない。あそこで出喰わした古着屋や巡査はこの世の人ではなかったのだ。駅へ急いでいた人々も同類だったのだろう。あそこが駅であったかどうかも疑しい。

まもなく母と千菊は帰ってゆき、ひとり柾がのこった。

救急センターの一般病棟は台地の上にある高層建築で、眺望がよい。窓際のベッドをあてがわれた桜蔵は枕を重ねて背にあて、雨あがりの街に目を凝らした。

おなじく柾も窓際の椅子に腰かけて外をながめている。午后四時だった。近隣のビルの屋上から数羽の鳩《はと》が薄暮の空へ飛びたった。

聞こえるはずもないのに、桜蔵は羽ばたきを耳にした。

15

「ひとつ訊いてもいいかな」

桜蔵は窓の外をながめている柾の横顔に問いかけた。若いころの面影が重なる。

「あの坂道で、ずっと昔に女をひろったおぼえはある？」

「そんなことがあったかもしれない」

「極楽へ行きたいと云った女だよ」

「ある種の女は、みんなそう云うんだ」

柾は横顔のまま、どの女の話だとは訊かずに正しくあの女のことをこたえた。

「けさ、坂道の途中で横道へはいったんだよ――さっき、そこが事故現場だと知ったんだけど――。その道で、古着を積んで三輪車を漕ぐ爺さんや、巡査や婆さんに会った。あそこは地獄の淵《ふち》だったのかな？」

　柾はふりむいて笑みになる。

「もう答えを知っているくせに。おまえが境界をまたいで行き来するのを私には止められない。手に余る。力不足は詫びるが、だからどうしろと云うんだ」

「責任もない？」

「落ち度はあるかもしれない。おまえのほんとうの父親を知っているという意味では。ただし、それを話すつもりはない。だから訊くな」

桜蔵にしたところで、出生の秘密を知りたいわけではなかった。母も、この柾も桜蔵のほんとうの親ではない。そんなことはとうにわかっている。

「退院したら、連れていってほしい場所がある」

「つきあおう」

「地獄でも？」

「女に関われば、いずれそうなる」

だれが女だと、桜蔵は云いかけて反論をやめた。どうせ、はぐらかされるだけだ。

「もどってくる自信は？」

「女しだいだろうね」

16

ＭＲＩの検査結果で異常なしと認められ、桜蔵は事故の二日後に退院した。

母は仕事、弟は授業があったので、迎えにきたのは柾である。大学に進学して以来、桜蔵は柾の家に仮寓《かぐう》している。小旅館を営む実家は私室が小さく、高校生と大学生の息子が同居するには手ぜまなのだ。

帰り道、桜蔵の要望に応えて柾はあの坂へ車を向けた。

雨の朝とおなじく、斜面をくだった。しかしきょうは曇り空で、路面は乾いている。

桜蔵は、見おぼえのある脇道への左折を柾に伝えた。

「地獄の入り口だな」

「……そのはずなんだけど」

ありふれた住宅地だった。桜蔵は車をおり、ひとりで付近を歩いたが、途方にくれるだけだった。当然ながら、うっそうとした森も川も祠《ほこら》もない。縫製所など、その痕跡すらなかった。

なだらかな斜面に戸建ての住宅がならんでいる。自分がなにを求めてその場所を訪ねてきたのか、桜蔵はもはや忘れかけていた。

濃密だが、目醒めてしまえば記憶する必要のない夢とおなじで、そこで目にするはずの景色を再構築できなかった。

車にもどった桜蔵は、遠子に迎えられた。いつのまにか助手席に乗りこんでいる。柾とのあいだに子どものいない遠子にとっても、桜蔵と千菊はわが子同然なのだった。

「元気な顔がみたかったから飛んできたわ。退院祝いに、ランチの差しいれを持ってきたの。どこかのゴージャスな店へ招待しようかと思ったけど、桜蔵には柾さんの車のほうが快適なはずだから」

桜蔵は礼を云った。

「遠子さんは、どうやってここへ来たの？」

「駅からタクシーで。女性のドライバーだった。その人に柾さんから電話で聞いた番地をつたえたの。そうしたら、えんま堂のところですねって、復唱するのよ。えんま様がいるの？　って訊いたら、昔は御堂があったけれど落雷で焼けて、いまは石碑があるだけだとか。でも、このあたりのことを土地の人は昔のままえんま堂と呼ぶそうよ。もちろん、あたらしい住宅地の人はいまの地名しか知らないでしょうって、笑っていたわ。地獄の入り口もふさがれてしまうのね」

ふさいだのは遠子であろうと桜蔵は思っている。だから、いまはなんの痕跡もないように見えるのだ。

浮世の豪勢な華やかさをまとった彼女が来たからには、獄門を守る獄卒も無用な闘いを避けるためにそそくさと門を閉じたはずだ。たったいままで口をあけて、獲物を待ちかまえていたとしても。

柾もおなじ意見らしく、笑い声をたてた。

「なにがおかしいの？」

「いや、あなたの神々しさに感服しただけ」

「えんま堂には死者の衣を剝ぐお婆《ばば》がいるんじゃなかった？」

「それと奪った衣を枝にかける爺さまとがね」

「するとあのへんの柳かしら」

前方に柳の大木がそれらしく葉をゆらしていた。

「昔のこのあたりには、いくらでも地獄の口になりそうな沼地や古池があったんだ」

「見てきたふうなことを云って」

「古い地図にちゃんと記されている」

柾は学生のころに使っていたという色あせた道路地図をひらいた。黄色の表紙のそれを、桜蔵は現実にははじめて目にするが、ページのどこかに自分の指紋がみつかることを確信してもいた。

柾は公園緑地にそってひらけたところへ車をとめた。リアシートの真ん中の背もたれを倒すとテーブルになる。遠子はそこへサンドイッチをならべ、持参したポットのコーヒーを紙コップについだ。香ばしい薫りが車内に満ちる。

午后のやわらかい日が射して、ピクニックにふさわしい陽気となる。遠子はコーヒーを手に車の外へでてゆく。

琥珀色の生地に紅い実を描いた服をまとっている。あきらかにもとは着物であったろうと思われる染め絵だが、絶妙なはぎあわせによってノースリーブのワンピースに仕立てたものだ。

遠子は軽快に着こなして、そのうえから金糸入りのシフォンのショールをはおっていた。

「あなたはまためずらしい服を着ているね。しかも、すばらしくお似あいだ」

柾は遠子の服をほめた。

「でしょ？ 友だちの古着屋で買ったの。これ、手染めの友禅で、もとの着物は大正時代か昭和のはじめのものよ。糸目をつけない無線なのはめずらしいの」

古裂《こぎれ》であっても、彼女が身につけたそれは不思議にあかるくかがやいていた。琥珀色の地色に紅い実が、ほどよくちらばる。

「これはなんの実かしら？」

「サネカズラだ」柾がこたえる。

「まるっきり聞きおぼえがないわ」

まったくだ、と桜蔵も思う。どんな字を書くのかもわからない。

「別名を美男葛《びなんかずら》と云う」

「ああ、それなら名前は知ってる。なんで美男なのかは謎だったけど」

「かつて、この木の皮を浸出して整髪料にしたそうだよ。どんなものか私も知らないが」

「男性整髪料ってわけなのね。艶《つや》だしね、きっと。女とちがって男たちは髪が光らないから」

「女は光る？」

「もちろんよ。裡《うち》から光るの」

きっぱりと云い放つ遠子に、柾もうなずくしかない。この夫婦のやりとりは、いつも桜蔵を愉《たの》しませる。根本では、なにひとつかみあっていないのに、なんの問題もない。ふたりともその場かぎりの調和以外、なにものも信じていないのだ。

「で、そのサネカズラにはなにか隠された意味があるんでしょう？　柾さんが知っているからには」

「枕言葉なんだよ。のちも逢う、にかかる」

「つまりあの世のこと？　だとすると、この着物は見合いや婚礼の席で着たものじゃなかったのね。こんなに綺麗《きれい》なのに」

「思うに、心中の場面がもっともふさわしい。舞台衣装として仕立てたものかもしれない」

「なるほど、この世では結ばれない男女の悲恋物語ね。のちの世で逢いましょうと」

「男女とはかぎらない」

「ふうん。すると、恋の相手は鶴や狐《きつね》かもしれないのね。羽ものか毛ものか、あやかしか。それとも素直に男と云いましょうか？」

「お好きなように」

夢でのみかなう逢瀬《おうせ》があると、万葉人はつたえる。夢とはつまり、川むこうの云いかえなのだ。

桜蔵は自分が渡った川の意味にいまさらながら気づくのだった。

核葛《さねかづら》のちも逢ふやと夢《いめ》のみに
祈誓《うけ》ひわたりて年は経《へ》につつ

ありえないことについての、たとえ

1

池の畔《ほとり》の木立はまだ少し枯れ葉より青葉がまさっている。昼間はコートが要《い》らないほど気温も高めで、日向《ひなた》では汗ばむぐらいだった。十二月になっても、影の長さでしか季節を感じられない。

水鳥がひだまりで憩っている池をやや下方にのぞむ段丘のへりに、傾斜を利用してうまく設計されたブックカフェが近ごろ営業をはじめた。

道路に面した二階が入り口で、すぐに会計をかねたフロントがある。そこで利用登録をして店内にはいるシステムだ。

フロアのなかほどの階段をかこんで書棚がならび、オーナーの好みで選ばれた本が新刊本と古書の区別なく、それぞれにふさわしい場所を得てならんでいる。書物をおくにしてはやや不向きかと思われるほど開口部の大きなガラス窓を配した設計だったが、外は常緑樹の木立なので直射日光は射《さ》しこまない。書棚が陽にさらされることはなく、ほどよい陰のなかでくつろげる空間だった。コの字螺旋《らせん》の階段をくだれば、そこがカフェになっている。

窓ごしの葉むらを透かして、池の水面の反射がみえた。二階の書籍コーナーよりもさらに木立の緑は深い。けれども窓側のテーブルには天窓からの光が射しこみ、ここちのよい明るさがある。時間帯によっては自然光で本を読む贅沢《ぜいたく》を味わえるのだった。

きのうの夜、真也《まや》にメールでこの店を指定された桜蔵《さくら》は「土曜日だから混雑すると思う」と暗に席の確保をうながす追加のコメントを読んで、待ちあわせ時間よりも十五分ほどはやく、ついて席を得た。

だが、それから三十分がすぎて、真也からあらたなメールがとどいた。〈ごめん、問題が発生した。L教授の乗った便、羽田につくはずが仙台空港に。それでいま移動中。きょうは無理っぽいからキャンセルにするね〉と、そのあとへお詫《わ》びのアイコンが盛ってあった。

L教授とは、真也の大学の研究室で特別講演に招いたアメリカ人脳外科医のことで、死後の世界の詳細を語る人々を神経学的に研究している人物だ。専門家であるのに、あの世は実在するという立場にたっている。生死の境をさまよって生還した自身の経験をふまえてのことだ。

桜蔵のばあい、意識をうしなっているあいだのこと——しばしば霊界の異形のものたちと交わる——を、自分の人格の範囲にふくめたくないというのが正直なところだった。

桜蔵は真也にあてて了解のメールを送ったのち、席をたった。二階の書棚をめぐりながら出口へむかう。

途中、棚のなかに収まっている緑色の背表紙に、ちょっと気を惹《ひ》かれた。冬の朝の冷えこみに耐えるヒサカキやマンリョウのひっそりと青暗い緑に似ていた。ことさら目立つわけでもない。それなのに桜蔵の視界の端をかすめたのだ。

うすい本である。手にとってみたところ、みかけよりも重い。その意外性に、桜蔵はさらなる興味をかたむけた。クロス装の丁寧なつくりだ。『緑の月』と小さく、曇りがちの銀で箔押ししてある。傷みはほとんどないが、古書にはちがいない。小口にも銀がほどこされ、反射のかげんで、そこにモノグラムが浮かびあがる。KとCの組みあわせだった。

時を隔てた紙の手ざわりは、桜蔵の好みにかなう。扉には緑のグラデーションをなす小さな囲みがあり、そこへ〈緑の月〉とこんどは濃紺のインクで印字してある。副題は〈au vert〉。なぜかLuneの文字はない。

扉の緑は麗しく、目に沁《し》みる。刷りあがるまでに、かなりの手間ひまをかけたようだった。桜蔵はそのマラカイトグリーンをみつめた。

刷りあがったのち、相当の年月を経ているはずなのに、しっとりと瑞々しい。かといって新緑のころのように勢いみなぎる緑ではない。匠《たくみ》の手刷りではないかという気もした。少部数ならばありうることだ。

池の水面のゆらぎが木の間をぬけて、店内の壁に映る。たゆたう光に、まどろみを誘われた。詩集を閉じて、桜蔵はそれをレジに持っていった。買って損はない。

2

その晩、桜蔵はゴトンというもの音で目をさました。少なくとも、彼はそう思った。

音の発生源を確認するために、読書灯をつけ、ベッドのうえで半身を起こした。床に、緑のクロスにくるまれたあの古本が落ちている。

就寝まえに、少しだけ読んだ。そのときも、薄い本だが重い、と感じたものの、文字を追ううちに忘れた。詩人は緑の月について語る。それは森のはずれにあらわれて、こずえからこずえへ渡り、鉄塔をかすめて上空へのぼる。

そのときにはもう、緑ではなくいつもの白銀色だった、とそんなことが注意深く選ばれたことばでつづられてゆく。墨版であったが、ときおり紙のうえに緑の靄《もや》がかかった。桜蔵の目の錯覚らしかった。昼間の店の窓ごしの緑が、意識のなかにとどまっているのかもしれない。

途中まで読んで、桜蔵はしおりをはさまずに詩集をとじ、サイドテーブルにおいて消灯した。それが十二時半で、早朝に一走りする彼としてはふだんより遅い就寝だった。

もの音で目ざめたときは午前三時まえだった。走りはじめるにはまだはやい。落ちている緑の本をテーブルへもどして、あと少し眠ろうとした。

だが、手にふれたのは桜蔵が予想していたとおりのものではない。あの不可解な重さは失《う》せ、逆に奇妙なほど軽かった。テーブルから落ちた衝撃で、本が分解したのだ。

表紙と本文がバラバラになっていた。

桜蔵は片手で本をつかむ横着をやめ、ベッドをぬけだして両手で詩集をひろいあげた。そのさい、どこにはさまれていたものか、ごく薄い小型の封筒が落ちた。一葉の紙に通信を書き、三つ折りの糊づけにして送る郵便書簡だった。かなり古い通信と思われる。糊はすでにはがれ、封を切らなくてもひらいた。投函されなかったらしく、宛て先も差出人の名もなく、切手を貼った形跡もなかった。

桜蔵は読書灯にちかづけて、書簡の文面を読んだ。遺言書とある。目を疑い、こんどは室内灯をつけてあらためて読んだ。やはり、遺言書でまちがいはなかった。当然だが署名人は見知らぬ人物だ。関谷《せきや》孝三郎《こうざぶろう》と読めた。名前からはなんの情報も得られない。難訓でもなければ、著名人でもない。ごくあたりまえの紳士であったろう人の名前だ。

署名の日付は、昭和十七年十一月吉日となっていた。遺言書に「吉日」とは不可解だ。昭和十七年は西暦なら一九四二年である。七十年以上もむかしの日付だった。

この遺言書がまじめなものであれ悪ふざけであれ、とうの昔に効力はうしなわれている。桜蔵はそれを口実に、つづきを読んだ。

〈私、関谷孝三郎は、この遺言書を手にした貴君に以下の資産をゆずる。奥付の検印紙として、こっそり貼りつけた青い切手だ。むろん、この一冊にだけ細工をほどこした。ほかは著者による正規の検印を押してある。

小口に浮かびあがるモノグラムは、私と婚約者の頭文字で、いずれは特別の食卓をかざる茶器や皿に記され、家じゅうのタオルやクロスの隅に縫いこまれるだろう。

本題にもどるが、私は親から相当額の資産を相続した。しかし、不幸にもこんな時代に生まれ、たいした使い道もない。右も左も禁止令だらけで、旅も娯楽もままならない。

人誑《ひとたら》しには自信があるのに、それを生かす道もない。きわめて遺憾だ。おまけに相続の恩恵がなかった身内から、命を狙われている。使わずに死ぬくらいなら、いっそドブに棄ててしまえ、という気にもなる。

そうときまれば、浪漫主義の私に似つかわしい方法でつかい果たしたい。そこで、見知らぬだれかに資産のほとんどをゆずることを思いついた。おめでとう。貴君がその幸運を引きあてたのだ。

遺言書を見返しの裏に匿《かく》したのは、だれにも気づかれずに青い切手が見過ごされることも、ひとつの浪漫だと考えたからだ。糊が剝がれ、表紙と分離するほどに長い旅の果てにだれかの手に落ちる、と想像するのも悪くない。最高の女と眠る夢にも匹敵する。

　ただし、事故も起こる。この遺言書だけ存在し、青い切手が失われていることもあり得るだろう。そのときは、運がなかったと思ってほしい。かわりにべつの愉《たの》しみが貴君に訪れるよう願うばかりだ。

　貴君がたいへん粗忽《そこつ》で迂闊《うかつ》な人間であった場合にそなえ、青い切手について解説しておこう。これはポストオフィスと呼ばれ、世界中のコレクターを夢中にさせる逸話と稀少性を兼ねそなえた稀有の切手だ。一ペニーのレッドと二ペンスのブルーが存在する。私が手にいれた青い切手は、切手商の手を通っていないが、ホンモノだ。少なくとも、ホンモノとして通用する。

　半世紀のちにも、百年後にも。それはまちがいない。軍票や債券は時代が変われば紙屑だろう。だが青い切手はちがう。ときがたてばたつほど値打ちがでる。戦時下のいまこそ、持つ意味があるというものだ。

　私が死んだら、葬式には会ったこともない眷族《けんぞく》たちがあつまって家探しするだろう。おあいにくさま。青い切手はどこのだれともしれない者の手に渡るんだ。私の振るまい酒を受けてくれ。貴君に乾杯する！〉

　関谷孝三郎氏は高らかに云いはなったのち、署名をしている。

この文面を解釈すれば、死の予感をもった署名人は、資産を身内に相続させる気がなく、それをドブに棄てようとしたが、気をかえて自身が発行する詩集に莫大な資産をもたらす稀少切手を検印紙がわりに貼り、遺言書をしのばせて流通させた、ということらしい。

はた迷惑で面倒くさい男だ。しかし、幸か不幸か、奥付に「こっそり貼りつけた」と関谷の云う青い切手はどこにもなかった。

流通してから七十年もの月日がながれている。桜蔵がこの本と出会うまでのあいだに、目ざといだれかが切手に気づいたとしても不思議はない。関谷孝三郎のもうひとつの企みどおり、遺言書だけが時の旅をつづけたのだ。

文面にあらわれている関谷孝三郎の性質は、まともであるとは云いがたい。桜蔵としては、資産など一銭も持たない詐欺師と呼びたかった。

または芝居の小道具であった、ともかんがえられる。『任意の相続人』などというタイトルの風刺劇があってもおかしくはない。

詩集の著者は〈日野千可琉《ひのちかる》〉である。これが関谷孝三郎の筆名なのか、まったくの他人なのかを知る手がかりはない。著者紹介文がないのだ。浪漫主義者を自称する男の筆名にはふさわしいが、同一人物かどうかはわからない。

謎めいた存在であろうとするある種の詩人たち——それが案外少なくない——は本名や性別を、めったなことではあきらかにしないものだ。

桜蔵はバラバラになった詩集をもういちど手にとり、三つ折りの遺言書がどこにはさまれていたのかを調べた。関谷孝三郎が自分で遺言書に書いたとおり、それは見返しを剝がしたところへ差しこんであったようだ。桜蔵は分解した詩集を糊で補修した。

3

版元の住所は本郷《ほんごう》だった。桜蔵は、翌日そのあたりへ出かけてみた。なにかを期待したわけではないが、未知の詩人に興味がわいたのだ。

いまのところ、手がかりとしては出版社と印刷所の住所だけだが、戦前の会社など、とっくに消滅しているにちがいなかった。

日曜日である。たとえ出版社が存在したとしても、きょうは休業のはずだ。あらためて出直すことになるだろう、と桜蔵の意識は先走りがちだった。交差点で、再度地図をひろげた。真也が在籍する大学の本校があるのもこの地区だ。

彼女自身は、三年生以下が通うべつの学び舎に通学している。だが、例のL教授の講演会は本校のホールだから、そこへ行けば会えるかもしれない。教授の世話に追われてすわる閑《ひま》もない彼女を見たいのならば、の話だ。

もともと、おたがいに今週はきのうの午后しか時間がなかった。医学生である彼女の日常は、授業と実習と試験で埋めつくされている。おぼえなければいけない事柄が厖大《ぼうだい》で、読まなければいけない論文も多い。そのうえ研究室にかかわる雑用まである。

「睡眠はなんとか確保してる。でもこのごろ夢も見ないのよね」

昨夜、仙台と東京を往復したのちに桜蔵に電話をよこした真也は、ためいきとともにそうつぶやいた。もっと話していたいけど、もう限界みたい。またこんどにするね。おやすみと云って電話が切れた。半分眠っているような声だった。

詩集の奥付に記されていた版元の住所のあたりには、やや古びた雑居ビルが建っていた。戦後の建物にはちがいないが、竣工したのち四十年ぐらいは経過している。その二階に古書店の袖看板が出ていた。

桜蔵は立ちよってみることにした。書物にかかわる商売ならば、かつてここにあった版元のことを知る人がいるかもしれないという気がしたからだ。

だが、階段をのぼりはじめた彼は、期待はずれだと悟った。ムラ社会の排他的な雰囲気が濃厚である。会員証か紹介状が必要なようすだ。通りすがりの学生など、相手にしそうもない。

二階には半分だけ曇りガラスをはめこんだ扉があった。そこに古書店の屋号は見えたが、来訪者を拒むように閉じている。ノブをまわせば開くのかもしれない。

しかし、買うつもりもなく財布の中身も乏しい見物人を歓迎しないのはあきらかだ。医学書専門の文字が、部外者をふるい落とす。ビルの前身を訊《たず》ねても不審に思われない気安さはなかった。

ためらっている桜蔵の背後で気配がした。

「それ、自動ドアじゃないんだけど」

そんなことはわかっている。ふりかえった桜蔵は、ふきげんそうにたたずむ若い男に場所をふさいだことを詫びた。男はガラス扉《ど》をとおりぬけ、あけっぱなしのままでいる。桜蔵はすでに場ちがいを察していたので、立ち去るつもりでいた。

「はいれば？」

奥に進んだ男がうながした。学生風である。医学生かもしれない。ちょっと仕立てのよいグレイのコートを着ている。みかけどおりの学生ならば、親の羽振りがよくて小遣いもしくは仕送りがたっぷりあるか、医学部の威光で割のよい家庭教師でもしているのだろう、と桜蔵は連想する。気をかえて、店のなかにはいった。奥に年配の店主でもいれば当初の目的をはたせるかもしれなかった。

4

そこは、別世界だった。灰色にくすんだ階段とはことなり、マホガニーかなにかの堂々とした書棚が壁面を占めている。

ガラス扉つきのキャビネットには、書斎から書斎へ旅をしたにちがいない高額商品が陳列してあった。革表紙に金箔押しの欧文タイトルの本がならぶ。傷ひとつないものもあれば、つかいこんだ革のこすれが目立つ本もある。

表紙が見えるように飾られた一冊には、日本ではじめて翻訳された解剖書との説明書きがある。十八世紀のドイツ語版であるそれは、けた違いの価格だった。

「さがしものなら、手伝うけど」

さきの男が声をかけてくる。いつのまにかコートをぬいで、ハイネックのセーター姿になっていた。店の関係者であったのだ。室内灯が暗いので黒か濃紺か判然としないが、つや消しのインクのようになめらかで密なウールは上質の証《あか》しだ。

「店のひと？」

「アルバイトだけどね。店主に用なら夕方五時ごろやってくる」

ということは、桜蔵が訪れたときこの男は開けっ放しのまま外出していたのだ。こんな高額商品ばかりならんでいるのに、と怪しんだ桜蔵の心を見透かしたらしい男は、天井の隅をさした。

「カメラがついてる。それを外出さきでも端末でみられるんだ。高額商品がならんでいる書棚はぜんぶ鍵をかけてあるし、階下のカフェで昼飯を食っていただけだから、怪しいと思ったらすぐに駆けつける」

「つまり、おれは怪しまれたってことか」

「いや、好物だっただけ」

露骨なことを平然と云う男だった。桜蔵は扉のほうへ一歩あとずさった。さきほど店に足を踏みいれたときに、開け放しはまずいと思って自分で扉を閉めた。それをいま後悔している。

「冗談だから。ほら、これ」

男は左手の指輪をみせた。

「婚約者を裏切るつもりはない。安心しろ」

桜蔵は後ろ手にドアノブをさぐった。男に背を向けるのは避けたかった。ノブをつかんだが、扉は動かない。

「さっき、自動ドアじゃないと云ったけどさ、自動ロックではあるんだ。会計のすんでいない本を持ち去られないために」

「書棚にさわってもいないのに、泥棒あつかいするのか？」

「話しあいですませたほうが、おたがいのためになると思ったまでさ。そのまま扉をでたら、警報が鳴って警備員がくる。さいわい、二軒となりのビルに警備会社の営業所があるから三十秒とかからずにかけつけてくれるんだ」

「おれは何も盗《と》っていない。触ってもいない」

「だったら、そのポケットにはいっているのはなんだ？」

「ポケット？」

桜蔵は濃紺のダッフルコートを着ていた。自転車に乗らない外出のときはいつもそれだった。男の視線にうながされてポケットに手をいれる。詩集がでてきた。『緑の月』。きのう、買ったものだ。つまり桜蔵の私物である。まさに、その詩集のために、桜蔵はここにいるのだ。奥付の住所をたよりに、たどりついたのがこのビルだった。

「これは私物だよ。きのう買ったんだ」

「ウチでも、まさにきのう盗難にあった」

「だとしても、おれは知らない。これは吉祥寺《きちじょうじ》のブックカフェで買ったんだ。レシートもある。そこの店で盗難品を売ったのかもしれないが、おれには関係ない。知らずに買ったんだから」

桜蔵は自分の正当性を主張した。

「だが、もとの持ち主が請求すれば、返還する義務はある。法律的なことを云えば、盗品を購入した善意の第三者は、盗難が発生してから二年以内にもとの持ち主から請求されれば返還しなくてはいけないが、支払った代金の代償はしてもらえる」

桜蔵としては、詩集に執着はない。もともとはずみで買ったものだ。真也と合流できなかったことで生じた閑を埋めるなにかが欲しかっただけのこと。返還請求を強く拒むほどの理由はない。

だが問題はそこではない。これが桜蔵のコートのポケットにあることを、男はなんで知ったのか、なのだ。テレパシーなどという方法を受けいれるほど、桜蔵は夢想家ではなかった。

男は、桜蔵の沈黙の意味を理解したらしく、憐みの表情になった。

「そこの交差点で、あんたはその詩集と地図をひろげて、しばらく呆けた顔であたりを見まわしていたじゃないか。そのとき、気づいたんだよ。あれはまさしく盗まれた『緑の月』じゃないかってね」

いまさらながら、桜蔵は自分のうかつさを呪った。妙に重かったことをもっと疑うべきだった。邪悪さゆえの持ち重りだったのだ。

「……話はわかった。でも、順序がちがう。あなたはまず盗難届をだし、警察が店の防犯カメラを調べる。それらしき人物を特定したうえで行方を追い、結果としておれの手もとにあることがわかる。そこで警察はおれの自宅を訪れ、証拠品の提出をもとめる、という流れのはずだ」

「いいだろう。話を大げさにしたいんだな。それならそれでかまわない。当然だが、盗難届はもうだしてある」

桜蔵はあらためて扉のノブをつかんだ。こんどは、ロックが外れた。

「おれが内々で解決することをすすめたのを忘れるなよ」

脅しのようなことばを背にして、桜蔵は古書店を出た。出版社探しの気をくじかれ、寄り道する気も失せていた。桜蔵はそのまままっすぐ帰宅した。

5

警察の動きは速かった。自宅へもどった直後に、桜蔵は私服刑事の訪問をうけた。三十過ぎぐらいの男で、髭はない。髪は濃い。カラーはやけに白く、いっぽうで着ているコートはいましがたまでベンチで寝ていたとおぼしきシワが目につき、全体にくすんでいる。

男の頬には陥没したような傷があった。まだそれほど年ではなくなめらかな頬を持つだけに、その窪《くぼ》みは目をひく。硯《すずり》の墨池のように墨を貯めておけそうだった。そのせいでどこかまっとうでない印象をあたえるが、職業に似つかわしい顔だちやふるまいの人物こそ疑うべきである、とは詐欺事件の教訓としてよく語られることだ。

見知らぬだれかを評価するさいは、先入観を排除すべきだ。前科者のような警官もあり得るのだと、桜蔵はそれを裡《うち》なる自分に確認させた。

いまどきの刑事は名刺をもっている。受けとった桜蔵は、用心深く玄関先でやりとりをする。

そこは父親の柾《まさき》の書斎のバルコニーから見える位置だった。午后の往診を終えて帰宅していた柾は、歳暮として贈られたシクラメンの鉢をバルコニーから室内へ運びいれようとして、賃貸用だがいまは息子に格安で貸している棟つづきの部屋の玄関先に視線を向けた。だが、なにごともなさそうに室内へもどってゆく。

桜蔵は柾の姿を横目で追いつつ、刑事の云いぶんに耳を傾けた。例の詩集を、被害届に基づき押収すると云っている。

しかし、桜蔵にしてみればブックカフェとのあいだで売買が成立している。すぐに渡さなくてもよいはずだ。彼は詩集の引き渡しを拒んだ。

「だがね」

刑事もゆずらない。そこへ、ハタキのようなものを手にした柾があらわれた。大掃除の季節だから、と云いたげに、宙をひと祓《はら》いする。

「息子は未成年なので口をはさませてもらうが、あなたは先にブックカフェの関係者に話を訊くべきでは？」

そうではありますが、と刑事はことばづかいをあらためた。顔色も変化した。急激に白くなるのがわかるほどだった。結局は再訪することを告げて立ちさった。

「助かったよ」

「季節がら、すす祓いをしにきたまで。邪悪なものを招く店子《たなこ》のおかげで大家の仕事がふえて困る」

それで、桜蔵も柾の手にあるものが、たんなるハタキではないと気づいた。神域を清める大幣《おおぬさ》なのだ。紙垂《しで》はなく麻苧《まお》だけでできていた。切干大根を束ねてあるように見えなくもない。

邪気を祓う道具なのは桜蔵も承知しているが、そんな用途の道具が、信心のかけらもない柾のところにある理由はわからない。

「なんでそんなものを？」

「遠子《とおこ》さんが、歳の市へでかけて手にいれてきたんだ。この家には性質《たち》のワルい女がいるもので、さっそく役立った」

その女とは、当然ながら遠子のことではない。

「つまり？」

「間男《まお》は麻苧で祓う。効き目はバツグンだったな。あの逃げ足」

要するに、まともに聞くべき話ではなかった。沈黙する桜蔵の頭上で、あらためて大幣がふるわれた。

「おまえはまた、おなじみの厄病神を持ちこんだらしい」

それは事実だった。桜蔵は『緑の月』のことを柾に話した。これ以上ややこしくなるまえに、助言を得たい。

遺言書のことは黙っておいた。問題がべつであるし、ものごとが複雑化するだけだと思ったのだ。

「緑の月というのは、一般にはありえないことのたとえだ」

「au vertっていうのは？」

「名詞ふうに使っているつもりなら、緑仕立て、かな。だが意味を探ることに意味はないよ。怪しむべきは、こっちの紙だ」

柾は先ほどの刑事がのこした名刺を手にしている。

「ほら、ここを見ろ」

＊＊署地域生活課とある、その署の字を指した。小点のある「署」になっている。

「旧字だ。依頼人の指定か、業者の校正ミスなのかはわからない。双方ともに老眼で、そもそも小点が見えていないのかもしれないが」

柾は誤植を見つける名人である。近ごろ、老眼が進んで精度が落ちたことを口惜しがっている。

いつもながら、桜蔵は柾のほのめかしによってようやく刑事がニセ者であったかもしれない可能性を意識した。

署の字のうち「者」は声符だが、その字義をあえてたどれば、呪いを封じる紙を収めた器を地中にうずめ、小枝だの土だのをかぶせておくさまをあらわしている。小点は器にかぶせた「土」である。

土くれにまみれた者がまともなはずはない。泥棒にしろ、土のなかからあらわれた亡霊にしろ、なにかしらの執着で「詩集」を奪いに来たことはまちがいなかった。

桜蔵はあらためて遺言書を柾に見せた。

「すこぶるつきの厄病紙だな」

そう云って笑う。「これにくらべれば名刺などただの紙くずだよ」

「どうしたらいい？」

「厄落としでもして手をひけ。ぜんぶまとめて始末してしまえよ」

「どうやって？　庭で焼くとか？」

「火神は、たいていものごとを悪化させる。簡単であとくされのない方法としては、どこかへうっかり落としてくることだ」

6

翌日、桜蔵は歳末の街にでかけた。柾のススメにしたがい、二度ほどわざと『緑の月』を置きわすれた。一度目は電車の網棚に。二度目はバスの座席に。だが、いずれも目ざとい人が気づいて、呼びとめられた。「お忘れですよ」と差しだされ、受けとらざるをえなかった。

もう少し気のきいた棄てかたをさぐるため、桜蔵はコーヒーショップにはいった。ここも先日のブックカフェとおなじ池に面したゆるやかな崖地《がけち》にある。店のメニューは、かつてここに清水の湧く祠《ほこら》があったことを記す。いまでも井戸水を汲みあげることができ、その水でコーヒーを淹《い》れている、とも書いてあった。

由緒《ゆいしょ》はここが池の畔というよりは淵《ふち》であった過去を物語ってもいる。一帯に湿地がひろがっていた。桜蔵の意識のなかには冬枯れた水辺の景色がひろがった。そこにはチカラシバやヨシやジュズダマといった野の草が枯れたまま茂っているのだ。どうしたわけか、その光景は鮮明だった。だが、何に由来するのかはわからない。

桜蔵はサラミをはさんだクロワッサンとドリンクのランチセットを注文した。A4の用紙を二枚ならべたぐらいの小さなテーブルを真ん中にして左右にソファがある席につく。混雑時には相席をうながされるレイアウトだった。

昼がちかづき、店内は混みあってくる。聞きとれない声のざわめきにエスプレッソマシンの音がかさなる。はじめは空いていた桜蔵の隣席に、あとから男がきた。通路をよぎったコートの風体で、桜蔵はその人物を男だと思ったのだが、じっくり観察したわけではない。

通常、街なかで見知らぬだれかとニアミスしたなら、あたりさわりのない距離と態度を保つ。つまり、自身の思考や端末の操作に没頭する。または雑誌や本を読む。桜蔵はそうやって、隣席の男を意識から遠ざけた。しかし、長くはつづかなかった。男が桜蔵のマグに手をふれたように見えたからだ。

テーブルには境界線としてのスリットがある。あらためてみれば、男はちゃんと自分の範囲にとどまっている。桜蔵は気のせいだったと思いなおして、端末の操作にもどった。〈厄落とし〉の検索をつづける。存外にそこは活況で、霊やあやかしのたぐいも、商魂の渦中にあった。

となりの男はテーブルの自分の領分に本をおいて読みはじめた。桜蔵の視界にふくまれたので、みるつもりはなくても目についた扉の緑色が、その本の出自をあらわしていた。

桜蔵は『緑の月』がどのくらい刷られたのかをしらない。奥付にその情報はなかった。それほど、多くはないはずだった。昭和十七年の奥付を持つおなじ本が、日をおかず二冊もつづけてあらわれてくるものだろうか。

そんな疑問が、桜蔵の意識を男の手もとにむかわせる。あらためて観察すれば、男はきのうのニセ刑事に似ている気もした。頬の窪みは反対側で桜蔵の位置からは確認できない。

「なにをじろじろ見てるんだよ」

男が桜蔵のほうへ向きなおったおかげで、こんどは頬の窪みがみえた。すでにきのう会ったことは、男の記憶から消去されているようだった。または、そら惚《とぼ》けている。

「すみません。ちょっとその本が気になって。たまたま研究中だったものですから」

そんな云いのがれに、男は薄笑いを浮かべた。

「研究だって？　学者でも詩人でもなかった男が、短い生涯でたった一度だけ自費で出版した本だぜ」

　なるほど、それでは詩人として名前がのこるはずはない。桜蔵は皮肉られたことよりも、男がもたらした新情報のほうに気をひかれた。この男は、日野《ひの》千可琉《ちかる》を知っているのだ。

「詩人をご存じなのですか？」

「あんたはどうしてこの詩集に興味を持つんだ？」

　男は問いにたいして問いを返してきた。よくない流れだ。桜蔵がみすごしている警告を男はすでに発したのかもしれない。

　それとなく男のなかの狂気をさぐった。杳《くら》い眼の底にあったのはあきらめと迷いのようなものでしかなく、むしろ脆《もろ》いとさえ思える。凄んでみせるのは虚勢なのだ。頬の墨池がなければ美男でとおるこの男は、たんに世間との穏やかな関係性をうしなっているだけなのだ。桜蔵の目にはそのように映った。

「書店でたまたま目にして」

　桜蔵は事実を答えた。

「買ったのか？」

　この男の狙いはなんだろう、と桜蔵はかんがえている。すでに、『緑の月』を持っているなら、あらたに奪う必要はないはずだ。

桜蔵はコーヒーを口にして間をおいた。男との対話は、調査対象者に目的をいつわって回答させる心理実験のようだ。

桜蔵としてはついいましがた、この男に狂気や凶暴性がないことを確認したつもりだ。しかし、彼の意識はしきりにざわついた。

7

どうしてこの男と話すことになったのかを、桜蔵は思いだすべきだった。直感がそれを警告する。だが、コーヒーの苦さが口のなかにのこって彼の気を散らした。

男はこの沈黙を埋めるように、詩集をひらいて奥付を示した。そこには、桜蔵が持っている『緑の月』にはない検印が押してあった。「日野」の丸印である。著者が発行部数の確認をした証しだ。

「発行日は昭和十七年十一月二十八日。大安だからこの日付にしたんだよ。だが、そんな縁起かつぎも意味をなさない時代だった。一年後、日野千可琉は兵隊となり、何者かになるまえに、あえなく死んだ。機体もろとも火の玉となって粉みじんに吹き飛び、燃えかすとしての肉片も、ひろう骨もなく、遺族には紙きれが届くばかり。あの時代にそんなふうに無駄死にした多数の若者のひとりだ」

男との会話は最初の「すみません」でかかわりを断つべきだった、と桜蔵はいまさらながらに悔やんでいる。

男の話はつづく。

「ふつうの遺族は、息子や兄弟の最期のようすを聞いて悲しみに沈むものだが、日野千可琉の場合はちがった。彼の姉は――あの子はこの世に未練などないでしょう。結ばれたいひとはさきに逝っているんだもの。ほほえみながら飛びこんだにちがいないわ――と云ったものさ」

自分がどうふるまうべきかは、桜蔵にもわかっていた。なるべく早めに、わざとらしくないそぶりで立ち去るにかぎる。柾がきのう指摘した「署」の字のよぶんな小点が、土をかぶせられていたことを暗示するならば、男の正体もおのずと知れる。

にもかかわらず、桜蔵がぐずぐずしていたのは、真昼であったために現実的であろうとする理性が勝ったのと、日野千可琉に関する情報を得たい気持ちがつのったからだ。

　男が当初のけわしさをやわらげたことも、影響した。

「あなたは、著者のご親戚かなにかですか？」

　訊ねながら、桜蔵はマグのなかの冷めたコーヒーをぼんやりながめた。天井の灯が映って、ゆらいでいる。曾孫であるとか大甥であるとか、そんな答えを期待した。

「ただの知りあいさ。二十歳にならずに逝った男の生涯で画期的なことといえば、姉の婚約者を横どりしたことだよ。もちろん、秘めごとであったわけだが、密通というのはだんだん大胆になるものだ。暴露するかもしれない危うさが快楽なのだしね。あるとき、とうとう姉の知るところとなった」

　男はそこで笑い飛ばした。

「もちろん、おれがあの姉に告げ口してやったのさ」

　七十年以上も昔のことを、見てきたふうに語る。多く見積もっても、四十歳すぎとは思えない男が、だ。

　桜蔵の手もとのマグは、熱いコーヒーで満たされている。井戸水を汲んで、淹れる名物だ。追加のコーヒーをいつたのんだのか、桜蔵にはおぼえがない。そればかりか、コーヒーをたのんだ記憶もない。この店で彼が注文したドリンクはショコラだった。

きょうは甘いものが欲しかったのだ。

何かがおかしい、と怪しんだときにはもう目の前が真っ暗になっていた。立ちあがったのかどうかもわからないが、足をすくわれる感覚があって、いまは床に伏している。視界を閉ざされたまま、桜蔵は床板にふれる頬の冷たさを意識した。

ざわざわと耳もとで人声がする。ことばはひとつも聞きとれない。それは、なぜか途方もなく高い天井にはねかえってもどってくるようなざわめきだった。

やがて雷鳴が聞こえてくる。桜蔵の視界は暗く、閃光が生じたときだけおぼろな輪郭が浮かぶというふうだった。停電でもしたのか、店内はいつまでも暗い。耳鳴りがする。桜蔵は、ようやく自分のからだが動かないことを悟った。

楽隊らしき行進がすぐそばを通りぬけてゆく。金管楽器とシンバルと太鼓がそれぞれべつの楽譜で演奏をする。調和を欠いたでたらめな音が鳴りひびく。そんな騒々しさのなかで、となりの男は店員に向かって何かをしゃべっている。

「大丈夫です。このまま少し休ませてください。ただの立ちくらみです。しばらく休めば治りますから」

店の外で車のドアを開け閉めする音がひびいた。何人かの男たちが云いあらそう声がする。桜蔵は床にたおれたままだが、なぜか頭が冷たい。水に浸っているのだ。それも、少しずつかたむいて、さらに深く水中へ滑りこんでゆく。

いつのまにか、そこは池の畔だった。人声はやんで、ほとばしる水音ばかりが闇をつく。頭上に灯が見えた。黒々とした崖のうえに建つ家の窓の灯だった。軒と瓦屋根をもつ日本家屋である。崖のなかほどに、白い幣《ぬさ》を結んだ祠がある。小さく灯がともる。

だれかが桜蔵を抱えた。……柾？　そう口にしかけて桜蔵はことばを吞みこんだ。柾ではない。鼓動がちがう。あの絶対的な安らかさではなかった。

「こんなところで眠るな。もう少しで凍え死ぬところだ。さあ、家へ帰ろう。市川《いちかわ》、手を貸せ」

どこの家だ？　と桜蔵は問いただそうとしたが、声にならなかった。冬枯れの葦草《よしくさ》が、かさこそと乾いた音をたてる。水から解き放たれて、桜蔵の身は急に軽くなる。男たちに抱えられ、車へ運ばれた。市川と呼ばれた男は、運転手なのだった。無骨な車が走りだした。

8

車は左右へ激しくゆれる。深くえぐれたタイヤの跡が幾筋も重なったところを強引に走っているようだった。これほどの悪路がどこにあるのか、桜蔵には見当もつかない。

気をぬけば、窓から放りだされそうである。身近な何かにしがみつく。あまりにも揺れが激しいせいで、どのくらい走ったのかもわからない。意識は保っているつもりだったがそれも怪しかった。

「そろそろ、お目醒めかな」

ふいに、桜蔵の耳もとで声がした。彼にとって、それはなじみと云えばなじみの、悪いパターンだ。もはや、車のなかではない。悪路を走っていたのは夢だったのだ。それは平穏な眠りではなかったことを意味していて、桜蔵の気分はいっそう沈みこんだ。

室内である。だれの家かはわからない。ずっしりと重くのしかかる毛布が、桜蔵の居場所を明白にする。つまりベッドのなかだった。耳もとで声がしたのは、すぐとなりに男がいるからだ。

「なにか呑む？」

男の腕は、桜蔵の胸もとをかすめてサイドテーブルへのび、そこにある腕時計をつかんだ。男は裸らしい。桜蔵も裸だった。そのせいで、一刻も早く逃げだしたいところを、ためらっている。見える範囲に、彼の服らしきものはなかった。

「……時刻としては午前三時、はやめの朝食ってところかな。まだ星がでてるけどね」

男は指輪をしている。その指のかたち。語る声。古書店の店番だ、と桜蔵は了解した。するとここは店番の家なのか。サイドテーブルの灯に浮かぶのは、ざっと十畳ほどの室内だ。

さほど高くない天井に漆喰《しっくい》飾りがほどこされている。やや時代がかった洋風建築にはありがちなしつらえで、窓には房のついたカーテンが垂れている。天井の一部が斜めに切りこんでいるのは、そこが片流れの屋根になっているからだろう、と桜蔵は屋根のかたちを思い浮かべた。心あたりの家はなかった。

頭上に太い梁《はり》がとおって、そのうえで白猫が身がまえている。

上掛けの羽毛布団をめがけて飛びこんだ。どすん、と意外に重々しく着地する。羽毛が舞いあがった。猫の爪が生地を裂いたとも思えないが、羽毛はひとしきり舞ったのち、部屋の隅へちらばった。

猫は男の目のまえへきて、前脚をそろえて置きもののようにすわった。啼《な》いてなにかを訴える。男は自分の側にある戸棚の縁にぶらさがったヒモをひいた。どこかでベルが鳴っている。しばらくして、部屋の外でコトリ、と靴音がした。

「御用を承ります」

「朝食を頼む。ここで食べる。それから、シュガーを外へだしてやってくれ」

「かしこまりました」

中年の男である。黒の上下を着ている。使用人なのだろう、と推測するも、いまどきそんな贅沢がまかりとおっていることに桜蔵はおどろかされた。猫と使用人が去り、桜蔵と男はひきつづきベッドにとどまった。

桜蔵はあえて、状況の説明はもとめない。おおよその見当はつく。ただ、男の素性は知りたい。たんなる店番とは思えなかった。

「忘れているようだが、きみのほうでぼくに助けを求めたんだ。ぼくはそれに応えてきみのところへ車を飛ばした。そうだろう?」

それが、なぜだ？　という桜蔵の無言のまなざしに対する男の答えだった。

「なんでおれが、あんたに助けを求めるんだよ。だいいちどこに住んでいるのかも電話番号も知らない。あんたの雇った男が、おれの飲みものになにか仕込んで、意識をなくした。その結果が拉致監禁だ」

「人聞きが悪いことを云わないでくれ。これは招待じゃないか。だれかを雇ったおぼえもない」

「招待？」

「そう云って悪ければ、接待」

さらに悪い。それではまるで歓迎したかのように聞こえる。桜蔵はこの問答を投げだすことにした。話題を本題へもどした。

「あの男は『緑の月』を持っていたんだ。あんたの店で盗まれたのはあれだよ」

「頬に傷のあるやつだったか？」

桜蔵はうなずいた。

「きのうの晩には、刑事になりすまして家にもやってきた」

「実際、刑事だったこともある。押収した盗品の横流しで捕まるまではね。あれは洋《よう》二《じ》郎《ろう》といって、ぼくの次兄だ。父が亡くなったとき、あの兄は微々たる分け前しかもらえなかった。素行が悪いせいだ。酒を呑んで暴れ、妻子にも逃げられた。長兄は早逝しているから、本来なら次兄が父の資産をすべて受けつぐはずだった。だが犯罪者となって服役しているあいだに、父は遺言書を書きかえたんだ。まもなく父は亡くなり、三男であるぼくが家督を継いだ。その恨みで、兄はぼくのまわりをうろついている。命を狙っているんだろうさ。もはや犯罪者になることへの恐れもない。頰の傷は、服役中に穴をあけられてああなったんだ。元警官が刑務所でどんな目に遭うかは想像がつくだろう？　ぼくとしてはもとの優男の面がまえよりも、いまのほうが数倍ましだと思うけどね。横流しの件についてはまったく身におぼえがないと主張して、このぼくが仕組んだ罠《わな》だったと思っているらしい。まるっきりの妄想なんだけども」

　だれの話を信じるかによって、景色はまるでちがうものになる。資産家が亡くなり、相続をめぐって争う兄弟がいるのは桜蔵にもわかる。だが、自分がその渦中に巻きこまれる理由は、さっぱりわからない。

　ただ、彼の乏しい知識でも、弟の結婚によって、その兄には遺産の分配がなくなる、ということはわかった。弟が死んだのちの資産はすべて妻のものになるのだ。

9

朝食がはこばれてきた。手焼きにちがいないトーストと、絶妙な火加減でしあげたとおぼしき両面焼きの目玉焼き。まちがいなく黄身は半熟だろう。ベーコンはばら色で、茹《ゆ》でた青菜を添えてある。コーヒーは香ばしく薫っている。

だが、さらなる飲食は避けたほうが無難だ。桜蔵は過去の経験にしたがい、手をつけずにいた。

「遠慮するな。それに、毒は盛っていない」

「毒入りだと知らせるばかはいないさ」

「きみはなにか誤解しているんじゃないかな。ぼくは求められて金を用立てた。かわりにきみはここへ来た。ならば、おたがい納得ずくのはずだ」

微妙に話が変化した。巧妙に、と云うべきかもしれない。桜蔵は警戒をつづけてはいたが、なにを恐れてのことなのか、怪しくなっている。彼の迷いを察知した男の口ぶりはさらに軽くなった。

「取引をしたじゃないか。忘れたふりで気をひくつもりかな？」

「なんの話だよ」

「なるほど、きみはまだ酔いから醒めていないようだ。呑ませすぎたのは認める。ならば繰りかえしになるが、いきさつを説明しよう。詩集を出版したいと望んだのはきみだ。これに異論はないね？」

ある、と桜蔵が口をはさむまもなく、男は話をさきへ進めた。

「だが、きみには紙を調達するツテもなければ、印刷する資金もなかった。ぼくはその両方を持っていた。その時点で、ぼくはまだきみと直接会ったことはなく、どんな詩を書くのかさえ知らなかったが、好物の予感はあった。婚約者の弟というのは、その関係性だけでもじゅうぶん魅力的だからね。いくぶん細工が不味《まず》くてもかまわない。だが、その心配はほとんどしなかった。きみの姉さんはきわめて美しいのだから。

そこでぼくは条件がそろえば、提供することは可能だと彼女につたえた。そうさ、これは弟思いの彼女の提案だったんだ。そこから先の細々したことは、ぼくときみとのあいだで文書を交わして――この場合、商用書簡であることがいっそう欲望をかきたてた、と云っておこう。

おたがいの望みを確認しつつ、詳細をきめていった。きみはぼくがつたえた条件を吟味して、諾と云ったのじゃないのか？　知らせを受けて、ぼくは『緑の月』を印刷する紙と資金を提供した。

知ってのとおり、印刷用の紙はすでに統制品で割り当てもきまっている。だが、ぼくにはいろいろとツテがある。地下印刷所も知っている。装幀《そうてい》は千波琉《ちはる》さん――つまりきみの姉さんが手がけた。彼女にはそうした才能があるんだ。ぼくと彼女はこれを披露宴の引き出物にすることにした。ふたりのモノグラムも入れた。ありがたいことに、きみと姉上の頭文字はおなじだ。そうしてついに詩集ができあがり、昨晩、神田《かんだ》の料亭でささやかな出版記念会を催した。ぼくはきみとはじめて対面した。きみは遠方の学寮にはいっていたから、ずっと会う機会がなかったのさ。和やかに一次会が終わり、千波琉さんはひとあし早く、ご両親とともに帰宅した。その後に、ぼくたちはいくぶん酒を呑みすごした。風にあたってくる、と云って外へでたきみがもどらないので捜してみれば、池の畔でなかば水没していた。かろうじて唇だけは潜《かず》くことなく。だから、ぼくはそこへ息を吹きこみ、きみを葦の寝床へすくいあげて介抱した。それから、ぼくの車へ乗せてここへきた。ぼくは心をこめてきみをもてなし、きみもぼくに応えてくれた。ともに満足し、眠りについた。夜明けまえに目ざめて、こうして朝食を摂っている。なあ千可琉くん、それがどうして拉致監禁で毒を盛る話になる?」

そもそもの前提が狂っている。男の頭のなかでは、かたわらに日野千可琉がいることになっているらしい。しかも、かなり時代錯誤的な要素がふくまれる。

桜蔵は、男に新聞が読みたいと云ってみた。それはドレッシングガウンとともに男が手をのばせばとどくソファのうえにあった。「きのうの」と云いながら桜蔵によこした。

日付を確認する。それは一九四二年十二月五日という、歴史のかなただった。「第二年の戦争遂行にあたり一億国民が火の玉になって突進」などの文字がみえる。そのように読めた、というだけで旧漢字で書かれた部分は桜蔵の推量読みである。「石炭の計画増産」の増は增で、産は產だった。紙はあまりよくないが古紙ではない。インクもまだ匂いがする。

桜蔵は気をかえて、朝食を摂ることにした。頭を働かせるためには栄養が必要だ。戦時中だと称するこの世界に——食糧の多くは統制か配給だったはずだが——玉子料理やベーコンがあることの説明は富裕層の家ではまだ手にはいったのかも、などとかんがえることで片づけた。

いっぽうで、この大がかりな悪ふざけを仕組んだ人間が時代考証を誤ったのかもしれないとも思うのだった。金持ちが自分の娯楽のために（あるいは犯罪のために）、役者を雇って芝居を演じている。A・クリスティの『バートラム・ホテルにて』のように？

10

廊下が騒々しい。扉口から最初に飛びこんできたのは、白猫だった。扉をあけたのは使用人である。その彼ともうひとりのコートの男がもみあいながらあらわれた。着古しのコート姿に、桜蔵はおぼえがある。コーヒーショップでとなりあっていた男だ。いきなり包丁をだした。刃渡り十五センチほどだが、きわめて切れ味のよさそうな光をおびている。一流の職人が鍛錬した刃にちがいない。男は使用人をおしのけ――力ではなく何らかの武道の技で――身を躍らせた。

一瞬のできごとだった。桜蔵のとなりで、さきほどまで道楽をたのしんでいた若主人の腹に刃物が突きたてられた。布団のうえからであり、切っ先が若主人のからだにとどいているかどうかははっきりしない。悲鳴も呻《うめ》き声もなかった。

男はさらに柄を押しこんだ。いまだ血はあふれていない。刺さっていることで、状態が停滞しているのだろう、と桜蔵は俗説を持ちだした。

「……ぼくを始末しても、兄さんが受けとれる財産はありませんよ」

うわずった声ではあるが、若主人の傲慢《ごうまん》と強気は維持されていた。致命傷を負った気配はない。腹を突かれたのなら口もきけないだろう、と桜蔵は最悪の状況を排除した。刃物は若主人のからだをそれたのだ。

「殺しにきたわけじゃない。親父の遺言書を無効にする方法はいくらでもあると知らせにきただけだ。おまえの企みを暴く証拠はそろっているからな。おおやけになるまえに、話をつけようと提案しているんだ」

すなわち、金銭の要求だった。娯楽映画や読みもののような云いまわしだと、桜蔵が思うよりはやく若主人が笑い飛ばした。

「そうじゃなくて、なにもないんだ。もうすっかりぜんぶ使い果たしたんだよ。株券や債券も換金して、とあるものに注ぎこんだからね。兄さんは知ってるかな？ 世界中のコレクターがほしがる青い切手があるんだよ。それを手にいれたんだ。闇ルートだったから、相場より高く、伊豆《いず》の別荘を売りはらった。この家屋敷は手つかずだ。

欲しければどうぞ。ぼくは要らない。どうせ、近いうちに空襲で焼けるだろうし」

ここで、コートの男は布団に刺していた包丁を引きぬいた。同時に血が噴きあがり、いっぽうで時間のゆがみが生じたかのように、ゆっくりと羽毛が舞った。桜蔵はそのすぐ真横にいて、シュルレアリスムの映画でもみているような錯覚にとらわれた。それは事件ではなく場面だった。

「……兄さん、いいことを教えようか。これはゲームなんだ。ただし、だれが勝つかはわからない。運まかせだ。青い切手は奥付の検印紙がわりに貼った。どの一冊かはわからない。『緑の月』のどれかだ。そのどれかをたまたま手にしただれかのものになるのさ」

夜明けまえのできごとである。サイドテーブルの灯ひとつの部屋で、猫が啼く。コートの男は若主人を殴り、血のついた包丁を投げだして出ていった。

若主人は瞼《まぶた》をとじて動かない。桜蔵はこの男が呼吸をしているのかどうかをたしかめようとして、鼻先に手をかざした。

そこをつかまれた。桜蔵は不意を衝かれて動けなくなる。つづいて唇をふさがれた。血の味はしなかった。

がやがやと人声がする。靴音が家のなかへなだれこんできた。階下で「確保」の声が飛びかっている。

若主人はまた笑い声をたてた。

「さっさと逃げればいいものを。下の部屋にあった『緑の月』の奥付を確かめようとしたんだな。披露宴の招待客分の数がある。なんてたやすく罠にかかるんだろう。根が悪人じゃない男は、目先の誘惑に勝てないんだ」

使用人と、それを押しのけた制服の男が室内にはいってきた。警官か軍人か、桜蔵にはよくわからない。この時代の制服にも徽章《きしょう》にもくわしくなかった。

「なにごとなんだ？」

口調はそのいずれにもふさわしくない。なれあいの空気すらある。

「ああ義兄《にい》さん、ご足労をおかけして恐縮です。ごらんのとおりなんでもありません」

「ごらんのとおり？」

男の声に苛立《いらだ》ちがあらわれている。布団は血の海だが若主人は落ちつきはらっている。桜蔵はこの状況で、どうふるまってよいのかさっぱりわからずにいた。

「これは鶏の血です。飼い猫が外でつかまえてきたんですよ。ぼくに見せびらかすつもりで、布団のなかへ押しこんだのです。夜中で眠いものだから、ぼくはそれを朝まで抱えておくことにしました。はじめはまだ温かくて、湯たんぽのようでしたしね。

もう死んでいましたよ。そこへあの男がきて、鶏の腹に包丁を突きたてたんです。でも、焼けば食べられます。佳央《よしお》くんへのよいみやげになるでしょう」

「買収するのか？」

「そうは云っていません。いそがしい義兄さんの手間を減らしてさしあげようと思っただけですよ。酔っ払いが無施錠の玄関から侵入して、わが家の鶏を奪おうとした、とそう報告書に記すだけですませるほうが楽でしょう、と提案しているわけです。よろしければ鶏小屋からもう一羽どうぞ」

「その女のことには触れずに？」

「ええ。こんなご時世ですから、ものごとをややこしくすることはありませんよ」

しばし悩んだすえ、制服男は使用人が手際よくズダ袋でくるんだ鶏を受けとった。勲章をつけているように見えるので、やはり軍人かもしれないと桜蔵はながめていた。

不正にたいしていくらかの自己嫌悪を抱くくらいの良識は残しているのか、顔をしかめている。しかし、要らないとは云わず、そのまま踵《きびす》をかえした。若主人はその背に声をかけた。

「姉さんによろしく」

「慶子《けいこ》なら佳央をつれて、柳行李《やなぎごうり》十合《ごう》とともに軽井沢へ発《た》った。先月の話だ」

「それは手早く賢明なことで。彼《か》の地にはまだバターも豚肉もたっぷりあるでしょう」

「草団子も汁粉もあるそうだ」

「極楽ですね。ぼくはまだこちらの極楽のほうがいいけれども」

「女遊びは、たいがいにしておけ。身をほろぼすぞ」

「いまどき、どこで死んでもおなじことですよ。そう思いませんか？」

「勝手にしろ」

扉がしまった。

11

女とはだれのことだ？　いぶかる桜蔵をよそに、騒ぎそのものは片づいた。あらたな幕があがったと云うべきかもしれない。もはや血に染まった布団はどこにもない。争いの痕跡もなかった。使用人がコーヒーをはこんできた。

若主人はドレッシングガウンを着て窓辺に立ち、一服している。月が出ていた。場面がかわったことはまちがいない。

日付すらことなるのかもしれないが、桜蔵にははっきりしない。いつ昼がすぎて夜が訪れ、また明けたのかがわからなかった。

「おれの服は？」

桜蔵は過度な期待をこめずに訊ねた。返還される見こみのうすいことは過去の経験によって学んでいる。若主人のかわりに使用人がこたえた。

「私の記憶によればお客さまは当館へお越しのおりにはすでに、ありのままの姿でございました。池へはまっておられまして、救助の者たちが服を脱がせましたので」

卑屈なのか露骨なのかわかりにくい云いようだった。

「それならかわりを用意してやれ」

使用人はかしこまりました、と引きさがった。まもなく、階下でまた騒ぎが持ちあがった。

「孝三郎さんはわたくしの夫になるかたです。急用なので通らせていただきますわ」

階段をかけあがる靴音がして、ロングスカートの若い女が飛びこんできた。おどろいたことに、男はとほうもない素早さで窓から外へでていった。若い女はそのあとへあらわれたのだ。当然だが、桜蔵はまだベッドにのこされていた。

「……逃げたのね」

女は窓の外をのぞいた。二階のはずだが、バルコニーか雨樋《あまどい》をつたいおりたらしい。女は男が去った部屋を見渡した。

そこにまだ紫煙がたちのぼっている、とでも云うように息をして。

桜蔵には目もくれない。というより、見えていないようだった。暗がりのせいなのか、近眼なのかはわからない。女はそのまま部屋からでていった。

桜蔵も男がもどってこないうちに逃げることにする。脇机をおおっていた布をはがし、少し裂いてからだに巻きつけた。階段をおり、玄関にたどりついたところでコートが落ちていたのでそれを着た。

途中で、あの男が着ていたもののような気がして脱ごうとしたが脱げなかった。それはコートではなく皮だったのだ。革ではない。桜蔵は獣になっていた。

黒くごわつく短毛が密生している。その異形におののく間もなく「見つけたぞ」という声がした。桜蔵は猟銃をかまえた男たちにかこまれた。

一歩、あとずさったところでからだが宙に浮いた。道を踏みはずしたのだった。逆さまに落ちる。

真っ暗だった。はてしなく落ちるのかと桜蔵がかんがえていたとき、背中に衝撃があって、落下がとまった。

「……大丈夫ですか？」

声がかかった。桜蔵は床にたおれていた。コーヒーショップの店内だ。居眠りをしてソファから滑り落ちた態《てい》だった。

ざわめきのなかに、失笑もまじっている。舟を漕いだあげくにソファからズリ落ちたのなら、それは確かに笑いたくもなる。

「どうも」

差しのべられた店員の助けを辞退して、桜蔵は自力で起きあがりソファへもどった。テーブルを片づけ、席を立って店の外へでた。背後で足音がする。

「お忘れものです」

店員が本をさしだした。『緑の月』だ。桜蔵はいまこそ決別すべきであると思った。

「おれのじゃありません。はじめからあそこのソファにおいてあって」

「そうでしたか。失礼しました。お引きとめしてすみません。ありがとうございました」

快活な声に送られて、桜蔵は店をあとにした。

駅へ向かう途中でメールを受信した。真也だった。もし都合がよかったら、土曜日とおなじブックカフェで六時ごろにどう？　と訊ねてくる。桜蔵は了解の返信を送って、店に移動した。

12

午后五時半をまわった。お茶にはおそく、夕食にはまだはやいこの時間は案外すいている。

店のフロア係に、お好きな席をどうぞと云われ、桜蔵は窓際のテーブルをえらんだ。

三十分ほどで真也がやってきた。

「いつも急な呼びだしでごめんね」

「気にしなくていいよ」

「L教授の五歳の娘から早く帰ってきてコールがあって、京都経由をキャンセルして羽田から帰国してくれたのよ。それで時間ができたの」

真也は話せば愚痴になるところを省いたが、つまりは一泊二日の京都案内が消え、そのぶんぽっかり空いたのだ。真也のかたわらには、使われなかった旅行バッグがあった。

「飲んでもいい？」

そう訊くのは、奢《おご》ってくれるかという意味ではなく、早生まれの桜蔵が大学二年のいまも未成年で、公には飲酒できないことに配慮したからだった。真也はグラスワインと前菜をたのみ、桜蔵は炭酸入りの水をたのんだ。

「昨夜、めずらしく夢をみたの。朝になってもおぼえていた。このところ、いつも起きたとたんに忘れてばかりだったんだけど。で、ここへ来るまではその夢の話を桜蔵にするつもりだった。ちょっと面白いと思って。だけど、いよいよ話そうとしているいまは、なんだかひどくバカげたことだという気がしてる。夢のなかで起こることって、そこではどんなに真剣で深刻で悩ましくても、醒めてから思い返すときは呆れるほどくだらない内容だものね」

「大丈夫、夢の話で真也の人格を疑ったりしない」

それは彼自身の願いでもあった。夢のなかのふるまいを現実の自分と重ねたくはないのだ。

「正気は疑うかも」

それも、桜蔵は断固として否定した。真也はほほえみ、ようやく話をはじめた。

「めずらしく内容をおぼえていたのは、その世界ではなんの矛盾もなく現実的だったからよ。わたしは本校へ立ちよるために、いつもの駅で降りて歩道を歩いていた。葉を落とした街路樹の影が、やけに濃くて、印刷してあるみたいだった。最初の交差点で信号待ちをした。そのあいだに、どういう意識の流れがあったのかはわからないけど、青信号で歩きだしたときはもう、古書店へ寄らなければと、思っているの。さがしている本があって。しかも、通いなれた道なのに途中で順路があいまいになる。いま思い起こせば、という意味よ。夢のなかではなんの問題もなくそのビルにたどりつくの。ふだんから立ちよっている、という感じに。だいぶ古びた外観のビルだった。古書店はその二階。くすんだ階段からは想像がつかないくらい店のなかは豪華なの。フローリングではなく寄せ木の床。書棚はぜんぶ木製で、英国紳士の書斎のおもむき。ガラス扉のキャビネットもあった。鹿のような筋肉質の動物を思わせる脚でささえられて、つまさきは狐か猫のような木彫をほどこしてある、そういうのだった」

真也が夢で見たという古書店を、桜蔵はなんの苦もなく自分の意識のなかに再現できた。それは、まちがいなく桜蔵が訪れたのとおなじ店だ。

「キャビネットには医学や科学の古典がならんでいたわ。わたしは店のひとに用があったのだけど、だれかと商談中だったから、待ちながら書棚をながめていたの。日本ではじめて翻訳された解剖書だとか、ミュラーの『人体生理学提要』の初版だとかがならんでいた。学部の図書館でも持ち出し禁止になっているようなたぐいよ。ところが、そのなかにまったく場違いな詩集があったの。『緑の月』というタイトルで、緑のクロス張り。実はそれ、わたしが長年さがしていた本だった。このところは忘れていたんだけど」

理系の真也は、どちらかといえば文学的なものを苦手としている。だから、彼女と詩集を結びつけるのはかなりむずかしい。さがしている本の話など、桜蔵はいままで聞いたことがない。

「……どういう詩集？」

「あらかじめ断っておくけど、内容は問題じゃないの。だれに由来するかということだから」

「わかった。つづけて」

話をややこしくしないために、桜蔵は『緑の月』を知らないものとしてふるまった。

「その詩集は私家版で、ごくわずかな部数しか刷らなかった。著者である詩人の姉とその婚約者が婚礼の引き出物としてつくったものだから。姉は芸術方面に才能があってそれを生かして装幀を手がけたの。本の内容は詩集でも写真集でも、芳名帖でもよかったのよ。たまたま弟が詩を書いていたから、詩集になったのね。詩人と云ったけど、もちろん社会的にという意味ではないの。当時はまだ学生だった。でも、詩集をつくれば詩人でしょう？」

　桜蔵はうなずいた。

「ところが、この婚礼は披露宴の直前に破談となったの。家具も衣装もそろえたのに。すべて売り払われ、詩集は断裁された。というのは出版費用を用立てたのが婚約者で、奥付に発行人として名前が印刷してあったからよ。だから残すわけにいかなかったの。……退屈してるでしょ。こんな話を聞かされて」

　実のところ、桜蔵はどんな表情でそれを聞いていたのか自分ではわからない。あの得体のしれない館の住人たちと真也がどうつながるのか、思いをめぐらしていたのだ。

「……だいじょうぶ、少しも退屈じゃない」

「そう？　それならよかった。詩人の姉というのが、母方の曾祖母なのよ。つまり、破談になったあと、何年かのちにべつの男性と結婚したわけ。母はその孫娘。わたしは曾孫。曾祖母は十五年まえに八十いくつかで亡くなったんだけど、そのさいに形見分けがあったの。曾祖母の生前に、これはだれそれにって書いて整理していたとおりに。で、わたしの母はどういう縁でか不明だけれど『緑の月』を受けとった。ところが、実家からの帰りしなにそれを盗まれてしまったの。母が云うには、通りで高齢のひとに道を訊ねられて、耳の遠いそのひとに苦心しながら道案内をしたらしいの。気づいたら、足もとにおいた紙袋がなくなっていたんだって。母も母だけど、一目で会葬御礼とわかる紙袋を盗るなんて罰当たりよね。その袋のなかに詩集もいれていたの。以来、うちではときどき『緑の月』が話題になった。お盆やお彼岸のときなんかに。それがどういうわけか、わたしの夢のなかにあらわれたのよ」

真也自身はその詩集の実物をみたことがない。母親から話を聞いただけだった。それにもかかわらず、古書店であの『緑の月』をみつけたのだ。

「わたしはそれを買うことにしたの。母がよろこぶと思ったんだもの。レジへ持っていこうとしたら、本のなかからなにか落ちたの。小さな紙きれのようなものよ。切手くらいの。はらり、と落ちて寄せ木の床を滑って、そのまま書棚の下の隙間へ吸いこまれた。手のひらがやっとはいるくらいの隙間に。手を差しいれてさぐっていたら、いきなりなにかに嚙みつかれた。それで悲鳴をあげて目が醒めたの。獣に嚙まれた気がしたんだけど、実際は枕のしたに手をはさんでいただけ」

そう云って真也は笑った。

「さっき、本校から駅へむかうときに、あのビルをさがしてみたの。いつもの道沿いにあったのは確かだから、見すごしていたのじゃないかと思って」

真也はそこでいったん話すのをやめて、グラスワインといっしょに頼んだ前菜に手をつけた。オリーヴとモッツァレラとアボカド入りサラダである。

「それで？」

真也がなかば食べたところで、桜蔵は話のつづきをうながした。だが、彼女のほうでは先ほどのところが着地点だったのだ。笑っている。

「なにを云わせたいの？　桜蔵なら、なにかをみつけたかもしれないけど、わたしは凡人なの。だから、現実に直面しただけだった。そこは高層ビルの一角で、テナントはクリーニング店とコンビニとあとは飲食店ばかり。三階からうえは分譲マンション。住民らしい人に訊ねたら、十年ほどまえに建ったんだって」

真也は確かな裏づけのないものを、いつまでもかかえこむことはない。順次意識のなかから消去してゆく。精神が健全なのだ。いっぽうの桜蔵はまだ、曇りガラスの扉を消し去ることができない。

窓のそとの冬木立をながめていた真也が「少し歩こうか？」と桜蔵をうながした。

彼は真也の旅行バッグをあずかって席を立った。

ふたりは階段をのぼり、二階の出口へ向かった。途中の踊り場に書棚があり、本がならべてある。桜蔵はそこであらたに『緑の月』をみつけたが、手にとるのも、真也に知らせるのもやめた。

ふたりは池畔をあるいた。夕飯の予定はまだきまっていない。うちへ来る？　と桜蔵は云うつもりだ。ふり仰ぐ濃い緑の葉むらを透かして、満月にすこし欠けるくらいの月がみえかくれした。

その犬の飼い主に告ぐ

1

二月のはじめ、桜蔵《さくら》のもとへ実家の母から電話があった。

──車の運転をたのみたいの。

弟の千菊《ちあき》が房総《ぼうそう》半島の突端へ行きたがっているのだった。奇岩の景観で知られる海浜である。移動の足は車がたよりの地域だ。千菊は星空観測をしたいようだと母は云《い》う。

──柾《まさき》にたのめばいいのに。高級外車があるんだし。

柾は彼ら兄弟の父親である。事情があって籍はべつだが、学費や生活費などの扶養義務ははたされている。

桜蔵と母、および桜蔵と柾のあいだの血縁関係はあいまいで正しく説明されたことは一度もない。しかし、弟の千菊にとっては実の両親である。もちろん、兄弟のあいだにはべつになんの問題もなかった。

だからこそなのだが、この依頼が千菊からの直談判でないことに、桜蔵はやや首をかしげた。云いにくいあいだがらではないつもりだった。

弟は桜蔵のことを「蔵兄《くらにい》」と呼ぶ。その声の調子に、甘えと遠慮を絶妙にまぜあわせる。だが、たのみごととなれば意外なほどきっぱり云う。それがこれまでの流儀だった。微妙なかけひきをするほど計算高くない。むしろそれを苦手とする、純粋な理系である。

ちかごろ同居していないせいで、話しにくいのかもしれない、と桜蔵は思う。駅の至近で宿泊業を営む商いの都合で、家族の居住空間はかぎられる。そこで、おとし大学に進学したのを機に桜蔵は家をでた。いまは柾の家の間借人だ。自動車免許も取得した。だが車は持っていない。

それだけでも依頼をことわる理由になるが、ドライバーとしての熟練度においても、柾には遠くおよばない。

――それがね、ちょうどM市の医師会の会合があるそうなの。柾さんは、ふだんならそういうのに参加しない人だけど、今回は役員なのよ。伊豆の高級旅館に泊まりがけでね。きっと一時間ぐらい会議と研修会というのをして、あとは遊ぶのね。

その遊びがどんなものか、まるで気にするふうのない母も母だが、あからさまな嘘を平気で口にする男も困ったものだ。百歩ゆずって、会合が真実だとしても、それはあくまでも方便であって、でかけたさきに柾の目当ての人物がいるのはまちがいない。

当日の天候が荒れていたらすぐさま中止、という条件をつけたうえで、桜蔵は運転手をひきうけた。雪道はもってのほかだ。

彼のつもりでは、安全性を疑問視する柾から中止要請がでるはずだったが、意外にも「私の車を使えばいい」という返事だった。

若造が運転するには悪目立ちしすぎる車だ。桜蔵はそれを辞退して、柾の本妻である遠子《とおこ》の国産車を借りることにした。

2

二月は受験シーズンである。桜蔵の大学でもほとんどの学舎が試験会場にあてがわれ、その関係で在学生は一週間ほど休みとなる。

千菊の通う高校もおなじ理由で三日間の試験休みがある。さいわいに、天候はおだやかな冬晴れだ。桜蔵は予定どおりの時刻に出発した。後部座席に千菊を乗せている。助手席にはすわらせない。さらに、音楽でも聴いていろとうながした。会話をせず、運転に集中するためだった。

東京湾を横断する有料道路をつかう。その途中の休憩スポットは海上の人工島である。パーキングエリアに車をとめて、歩きだしたところで桜蔵の携帯が鳴った。車のオーナーの遠子からだった。

――悪いわね、ちょっと車のなかを確認してほしくて。いま、大丈夫？

桜蔵はパーキングへ停めたところだと答え、千菊にはどこかの店へはいっているように身ぶりでつたえて、さきにいかせた。

――グローブボックスのなかに、図書館で借りた本を入れっぱなしにしていたの。たぶん、そのはずなんだけど。のぞいてみてくれる？

車内のあらゆる収納スペースについて、車を借りるつど「勝手にあけないでね」と云いわたされている。おだやかな口調ながらも、おそろしい仕返しが予想される。そのため、桜蔵は許可を得てつかうドリンクホルダー以外は、いっさいさわらない。

電話をつないだまま車にもどった桜蔵は、片手でグローブボックスをさぐった。図書館で本を借りる遠子の姿など、まったく想像できない。手にふれたのは、いくつかの貝殻だった。それも、波に洗われて丸みをおびたものだ。海岸でひろった貝にちがいない。桜蔵は、それらしき本がないことを伝えた。

——それじゃ、べつのところをさがしてみるわ。ありがとう、せっかくの休日にお騒がせしたわね。よい旅を。

桜蔵はまだ手のひらに貝殻をつつみこんでいた。そのかたちに目をうばわれている。

——骨なのだ。リングに突起がついたような形状である。

波浪による摩滅によって、人のものか、そのほかの動物かをただちに判断しかねるが、骨であるのはまちがいない。

遠子が貝殻のつもりでひろったのか、骨と承知のうえだったのか、それも不明だ。そもそも彼女がビーチコーミングをする姿も、図書館通いとおなじくらい想像しがたいことだった。

貝殻や骨に手をふれたさい、桜蔵の意識はたちまち海辺をあるいた幼い日の記憶とつながった。彼は砂のなかに埋もれた洗濯バサミをひろって柾にみせたのだ。すると、

——それは、骨だよ。このあたりの、と云いながら、柾は桜蔵の頸椎《けいつい》に手をふれた。

その感触が、たったいまのことのように甦《よみがえ》った。

桜蔵は貝殻と骨をまとめてもとへもどし、グローブボックスを閉じた。

なにか、もやもやとした気分のまま、ラウンジへ出るエレベーターに乗りこんだ——

——はずだった。

犬がいる。耳のたれた中型犬で、白地に墨をちらしたかのごとき斑《ぶち》がある。ポインターではない。どこかしらもっと東洋的だった。桜蔵と犬のほかには、だれも乗っていない。犬が身につけたハーネスのベルトに、小さな守り鈴と「C」の文字をかたどったビーズがひかる。それを見て、桜蔵はかつて「C」のタグをつけたチャロという名の犬のぬいぐるみを持っていたことを思いだした。

桜蔵は五歳になる直前だった。仔犬を飼いたい、と云ったところ、柾はあっさり「いいだろう」と応じた。だが、桜蔵が対面したのは生きた仔犬ではなく、ぬいぐるみだった。しかも、柾がすでに「チャロ」という名をきめていた。頭文字の「C」のタグと、小さな守り鈴までつけてあった。

「まずは、それを飼ってみることだ」

飼うもなにも、ぬいぐるみである。すると柾が云った。

「目をあわせて語りかけ、世話をやき、散歩をさせる。おまえがそれを毎日できるかどうか見とどける。「しっかり励め」

もとより柾が犬を飼うことなど許さないだろうと、桜蔵は思っていた。弟が赤ん坊であったし、なにしろ家業が宿なのだからペットの飼育はむずかしい。彼としては母や柾の関心が、幼い弟にばかりそそがれている気がして、わがままを云ってみただけだった。

3

犬はおとなしい。エレベーターも、しん、としている。桜蔵はそこでようやく、いきさきボタンの押しわすれに気づいた。まだ、動きだしていなかったのだ。あわてて、ボタンに手をのばしたとき、ズン、とエレベーターがゆれた。扉がひらく。犬は慣れたようすでさきにでていった。

桜蔵もつづいた。エレベーターに異常を感じ、降りたほうが無難だと判断した。そこは、やけにまぶしい。桜蔵は、明るさにひるんで立ちどまった。どうやら千菊が待っているラウンジではなさそうだった。

靴底《くつぞこ》は、深々とした砂を踏んでいる。桜蔵はなぜか砂浜にたたずんでいるのだ。あわててふりかえったが、そこにエレベーターはなかった。パーキングエリアの建物もない。どこかの海岸である。

桜蔵は目を閉じて、深呼吸をしてみた。白昼夢からさめるのを期待した。だが、潮騒が聞こえるばかりだった。

どうあっても、ここは海辺だ。三角州がのびて、そのさきに磯がある。斑犬《ぶちいぬ》は、桜蔵の周囲をぐるぐるとまわっている。どこかへ導こうとするらしい。

「わかった、案内をまかせるよ」

三角州のいっぽうの縁にそって、犬は確信にみちた足どりで歩きだした。桜蔵もあとをついてゆく。三日月がたの小さな入り江はすぐに終わり、岩が点在する浜となる。堆砂帯では白く乾いた岩が、蓬髪《ほうはつ》の巨人の風情でなかば砂にうずもれている。生えはじめたばかりの赤ん坊の歯のようにならぶ岩もあった。そのさきの波うちぎわでは、鳥の翼に似た岩が重なって立ち、さらにあるけば、虫喰い孔《あな》だらけの簀《す》の子《こ》のような岩がたいらにひろがっていた。

桜蔵はこの海岸におぼえがあった。幼いころ柾といっしょに訪れたのだ。記憶の奥底にある海が、いま目前にひろがる景色に透けてみえた。

犬に導かれ、砂浜に埋もれた泥岩のひとつにちかづいた。古びたカーテンを丸めて投げ捨てたような岩で、表面には襞《ひだ》やシワが刻まれている。彼の背丈よりもずっと高さがあった。

襞のひとつが奥へ切れこんでいる。砂や砕けた貝殻や海藻が吹きだまっていた。犬は、そこではじめて吠《ほ》えた。切れこみの奥を確認しろ、というそぶりだった。

ふたつの岩が重なりあって三角のトンネルをなしている。だが、桜蔵がもぐりこむにはややせまい。

犬は前脚で砂を少し掘りさげ、匍匐《ほふく》して岩の奥へもぐりこむ。まもなくみえなくなった。奥で、小さく吠えた。

「……わかったよ」

桜蔵も砂地に伏し、腹ばいになって岩と岩のわずかな隙間にからだをすべりこませる。そのさきに、身をかがめてしゃがめるくらいの空間があった。犬は砂に鼻先をこすりつけていた。浮標《ブイ》かゴムまりか、あるいは壺《つぼ》か、そういったものが埋もれている。

「それが欲しいのか？」

犬がひと声吠える。桜蔵はその物体に手をのばした。掘りだそうとしたところ、指先がなにかの窪《くぼ》みへすべりこんだ。それを手がかりにして引きあげる。暗い穴が目に飛びこんでくる。眼窩《がんか》だった。ごぼごぼと、なかに溜まっていた海水があふれだした。頭蓋骨《ずがいこつ》なのだ。桜蔵はハッとして手を放そうとした。だが、その頭蓋骨にまとわりついた海藻が指にからまってほどけない。ようやく、指をぬいたところ、こんどは指さきに激しい痛みを感じた。釣り針が刺さっていた。

桜蔵はあわただしく岩の隙間の外へでた。犬もつづく。あかるいところで確かめたが、釣り針はかなり深く刺さっており、無理に抜くのは危険だった。桜蔵は、ちかくの病院へ行くつもりで携帯電話をさがしたがみつからない。

桜蔵の背後で犬がしきりに吠えている。その声の調子はあきらかにはずんでいた。そのままどこかへ走りだしたが、桜蔵に追う気力はなかった。いったん、あたりがしん、とする。

やがて、桜蔵の足もとに人影が射《さ》した。犬の影もよりそっている。

「なにか困りごと？」

影の主が訊《き》く。

「……釣り針が」

桜蔵がふりかえったさきに、逆光にふちどられた青年がたたずんでいた。したがって表情はよくわからない。しかし、その声はやわらかい。

「家で手当しよう。すぐそこなんだ」

「クリニックを教えてくだされば、自分でそこへいきます」

「きょうは休診日だけど、父は家にいると思うよ」

つまり、青年の家こそ桜蔵が求めていたクリニックなのだった。浜辺ちかくのV字路に面して建っている。あきらかに船を意識した設計で、その名も船田《ふなだ》医院というのだった。

桜蔵は青年にうながされて、無人の診察室で待っていた。ややあってあらわれたのは医師ではなく、さきほどの青年だった。海岸にいるときは裸眼であったと思うが、いまはメガネをかけている。茶色がかった髪は眉の色とおなじで、生まれつきであることを示していた。

「父は釣りに出てしまったらしい。無資格診療で悪いけど、これでも医学生ではあるから応急手当をしよう。ライフセーバーの資格なら持っているんだ。海水浴場のアルバイトには必須だから」

細面ながら肩幅のある体格は海育ちのゆえかと桜蔵は青年のようすをながめた。柾の好むタイプだと、よけいなことも頭をよぎった。

「……おまかせします」

「釣り針の事故はよくあるんだ」

ことばどおり、青年は手ぎわよく治療をすませた。繃帯《ほうたい》を巻いてもらった桜蔵は、壁にかかった時計を見ておどろいた。午后一時である。それが今の時刻なら千菊を二時間以上も待たせていることになる。

「……ありがとうございました」

桜蔵は手当の礼を述べながらも、千菊のもとへどうやって戻ればよいのかわからずにいる。エレベーターを降りたら、この海岸だったのだ。

「こちらこそ、礼を云うよ。チャロを見つけてくれてありがとう」

「……チャロ？」

「っていう名前なんだ。さっきの犬。ずっと行方知れずで」

桜蔵はますます混乱した。なんの偶然か、さきほどの犬の名もチャロなのだ。ぬいぐるみのチャロは、縫い目から綿がはみだしてきたとき「死んだ」と見なして庭に埋めた。最後の土をかぶせたあとに守り鈴がチリン、と鳴った。その音を、いまになって鮮明に思いだした。

「ぼくはここを片づけて鍵をかけるから、そのあいだチャロの相手をたのむ」

窓ごしに、待ちくたびれたようすの犬がうろうろしている。桜蔵は承知して診察室を出た。のちほど青年に、ここはどこかと訊《たず》ねてみるつもりだった。玄関先に白いヒヤシンスが挿《い》けてある。茎をみじかく切りそろえて束にしたものだ。平らな水盤からたちあがる淡い緑の茎と泡のように咲く花の静謐《せいひつ》な白さが目を惹《ひ》く。とおりすぎたあとで、ほのかに匂った。

玄関の外で、犬が待っていた。ボールをくわえている。桜蔵はさっそく、そのボールを庭木の茂みへ投げこんで、遊んでやった。ひろって戻ってくる犬をなでてやり、またボールを投げた。

「きみの帰り道はその犬が知っているよ」

背後から聞こえる声が少し遠い。そう感じた桜蔵がふりかえったとき、そこにはもはや医院の玄関はなかった。エレベーターのなかなのだ。こんどは犬の姿もない。チリン、と音がする。桜蔵の足もとに守り鈴が落ちていた。

桜蔵はひろうつもりで手をのばし、指先に目をとめた。繃帯が消えている。釣り針で傷めた痕跡もない。守り鈴をつかんでポケットに納めた。そこに携帯電話があった。ちょうどよく、千菊から入った店を知らせるメールが届いた。さきほどパーキングでわかれてから、まだ十分ほどしかたっていなかった。

4

千菊は窓辺のテーブル席で待っていた。海がみえる。対岸の倉庫群やビルが意外なほどちかい。

東京湾は南北八十キロ、横断道路がつなぐ東西の幅は最長でもせいぜい三十キロしかない。河川から湾内にそそぐ水は、おおまかに一ヶ月かけて湾外にでてゆく。陸からの水と外洋の海水が交換される場である。

――というような解説を、桜蔵はたったいま千菊に聞いた。理系の千菊はそういう方面に興味がある。

桜蔵はまだ、あのエレベーターの外にあった砂浜から完全には解放されていない。まぶたを閉じれば潮騒が聞こえてくる。釣り針を刺した痕跡はなくても、かすかな疼《うず》きはあった。

「……遠子さんになにかややこしいことでも頼まれたの？」

桜蔵の反応がにぶいのを、千菊が怪しんでいる。

「いや、そうじゃない。……このあたりの水深はどのくらいあるんだっけ」

「三十メートルぐらいかなあ。いま通ってきたトンネルは海面下六十メートルにあるんだよ。だから、海上に浮かぶこの人工島まではかなりの急坂をのぼったということだね」

海底トンネルが開通する以前は、フェリーで横断したのだった。桜蔵はごく幼いころ、柾とともにそのフェリーに乗って房総半島へわたり、海沿いをドライブしたことがある。もう十数年もまえだ。一歳になったばかりの千菊と母は留守番で、柾と桜蔵のふたり旅だった。

そうだ、あの海岸だ。エレベーターの外にあったのは。

かつて柾とともに訪れた浜辺なのだ。遠子《とおこ》が所有するリゾートマンションに泊まった。桜蔵は幼い日の記憶をたどりなおしてみる。きょうのような真冬だった。車を停めて、海岸へでた。柾は凧《たこ》を手にしていた。

それはふたつの六面体を一辺でつなげた立体凧だった。柾は凧を砂浜におき、糸を遊ばせながら風を待つ。上昇気流をとらえたとたん、凧は直線的に浮きあがる。桜蔵はエレベーターのようだと思った。

空中の凧は、回転するたびにさまざまなかたちに変化した。ふたつの六面体が角度によってはひとつにみえた。そろばん玉のようであったり、切子の盃《さかずき》のようであったりもする。

風が強く吹きつける海岸だった。しかもおびただしい数の岩が重なりあう岩礁だ。釣り人たちは、波しぶきを浴びながら岩場に立っていた。柾は桜蔵をうながして、波が寄せてこない乾いた砂浜をあるく。そのさい、桜蔵はあの洗濯バサミのような骨をひろった。蝶のようにうすく磨かれた貝もあった。

岩礁にいた釣り人のひとりがなにかを釣りあげ、仲間を呼んだ。魚ではないらしく、周囲の人々があわただしく動きまわった。やがて警察官もかけつけてくる。

——場所をかえよう、と柾が云い、ともども車にもどった。そのあとは父子《おやこ》で灯台にのぼって夕日をながめた。

その晩、桜蔵は夢のなかでも凧あげを見物した。夜の海岸で凧あげをする人がいる。折り紙でつくる紙風船のかたちに似た白い凧だ。ぼんやりとあかるい。凧ではなく灯《あかり》をいれた風船だった。

そこへ翼のある真っ黒い凧が迫って衝突した。白い風船は炎につつまれ、火の粉をふらせながらゆっくり海に落ちてゆく。着水してもまだ燃えている。火の粉は百の小船になって波間に浮かんだ。

桜蔵は小船が波うちぎわへ寄せてくるのを待ちかまえた。けれども波はつれなく、灯の群《むれ》をすこしずつ沖へ流している。かわりに波が運んできたのは鳥の羽だった。それも、海面を白くおおうほどの数が流れてくる。

呆気《あっけ》にとられている桜蔵の足もとで、羽は渦をまき、さらに高く舞いあがって吹雪になった。その数はおびただしく、たちまち息もつけないような猛吹雪になった。

叫び声をあげたところで、桜蔵は目をさました。朝だと思ったが、まだ午后の九時をまわったばかりである。海辺のリゾートマンションの耳慣れない潮騒が眠りを浅くしたようだ。

窓はしまっているがカーテンはわずかにひらいていた。バルコニーに人影がある。柾が外に出ている。その視線のさきに、いくつもの灯があった。桜蔵は窓辺によって、カーテンごしに外をのぞいた。

浜辺を歩く人々がいる。おなじような防寒着に身をつつみ、懐中電灯と長い竿《さお》のようなものを手にしている。彼らは岩と岩のあいだをのぞき、ときには海中に竿をさしこんだ。

桜蔵に気づいた柾が部屋のなかへもどってくる。

「枕がかわると眠れないみたいだな。……ちょっと起きてみるか？」

桜蔵はうなずいた。柾にダウンジャケットを着せてもらい、シューズをはいてバルコニーへでた。浜辺には移動式の探照灯が用意され、人々の数も増えていた。

「……あの人たちはなにをしてるの？」

「昼間、釣り人が人の骨の一部を釣りあげたんだ。それで警察や消防団や漁協の人たちが、残りの骨があるかもしれない、というので捜索している」

「だれの骨？」

「まだ、わからない。見つかったのは、ようやく人の骨だとわかるくらいの小さなかけらだったらしい。この海で死んだ人かどうかもわからない。どこかから流されてきて、漂流したあげくに、たどりついたのかもしれない。……なんて話をおかあさんにはするなよ。あとで私が責められる」

海は潮が満ちて、昼間歩きまわったところも、いまでは海中に沈んでいる。昼には鳥の翼のように立ちあがっていた岩も、さきの尖ったところだけが海面にでていた。

その岩に波があたり、白い水しぶきを吹きあげた。捜索の人々は、ゆれうごく灯とともに遠のいてゆく。するとあとには黒々とした海がのこされた。

いつのまにか、空は星でいっぱいだった。砂粒ほどの星や、真珠のようにまるい星まである。その星のひとつひとつがふるえている。桜蔵はひときわ白く光る星をみつめた。

「あれは鳩《はと》を追う猟犬だ。毎秒十六キロで、走りつづけている」

「白い犬？」

「斑点があるかもしれない」

「紅《あか》い星もあるね」

「よく見つけたな。あれはカノープスだよ。海で亡くなった人の魂をのせている船の灯だ」

「その船はここへくる？」

「こないよ。あのまま遠くへ行ってしまう」

　ふたたび眠るまえ、桜蔵はたくさんの羽が沖から流れてきた夢の話をした。換羽でぬけた海鳥の羽はそんなふうに浜辺へ流れてくると柾は云う。彼らは羽がそろうまで沖にとどまり、翔《と》べるようになるのを待って繁殖地へ渡ってゆく。

　そのあとで、柾はイシスとオシリスのエジプト神話を語った。奸計《かんけい》によって生きたまま柩《ひつぎ》に閉じこめられて殺されたオシリスは、遺骸となったのちもさらに受難に遭い、十四の断片となって川に流された。

それを妻のイシスがパピルスの舟にのってさがし求めた。だが、たったひとつの断片だけは最後まで見つからなかった。川魚が呑みこんでしまったからだ。

ゆえに、イシスは〈それ〉なしに断片をつなぎあわせてオシリスをよみがえらせた。――要するに、〈それ〉はなくてはならないものではなかった、ということさ、と柾は結論づけた。そのときの桜蔵は、魚が呑みこんだ〈それ〉が何かはわからなかった。柾に訊ねたが、――いずれ厭《いや》でもわかる、とはぐらかされた。まもなく、桜蔵は眠りこんでしまった。

翌日、柾は園芸農家に立ちより、白いヒヤシンスをたくさん買った。柾はその花束をどこかの浜辺で海中へ投げいれたが、それがどこであったのか桜蔵はもうおぼえていない。

5

青やオレンジのコンテナを積んだ船が通る。海鳥のひと群がそのうえで休息している。ときおり、風にあおられた紙屑《かみくず》のように舞い、また鎮まる。それをくりかえした。

千菊《ちあき》は、学校行事でかつておこなわれていた「瓶流し」の話をする。メッセージをそえた返信ハガキをいれて、河口から海へ流すのだ。運がよければ、どこかの浜辺へ漂着して、さらに運がつづけばだれかにひろわれ、さらにまれなる運にめぐまれたなら、親切なその人が瓶の採集地と日付を記入した返信をくれるかもしれない、というものだ。海流調査と称していた。

桜蔵の在学中にもその行事はあったが、彼は参加したことがない。

「でも、二年まえから中止になった。調査のためといっても、回収できないことが確実なものを流すのはゴミを棄てるのとおなじだって」

「そのとおりだな。そもそも調査なんて云ってるけど、実際は見知らぬだれかと交信するという好奇心のほうが大きいんだろうし」

千菊はそれを認めた。

「あきらめきれなくて、有志六人でT川の河口へ行ってこっそり流したんだ。ぼくたちはまだ中学生だったから、そういうことがしてみたかったんだよ。ひとり五本ずつ。ガラス瓶にコルク栓をして」

「でも返事なんて来なかっただろう？」

ここでも、千菊はきまりわるそうにうなずいた。

「半年以上、期待して待ったんだけど」

「三十本じゃ無理だ。以前はたしか三百本くらい流していたんじゃないか。おれの時代はたしかそうだった」

「メッセージを書いた？」

「まさか。そういう柄じゃない。返事が来たという話も聞かなかったな」

「おとうさんは少年時代に、浜辺で鳥の羽がはいった瓶を拾ったことがあるんだって。どれも海鳥の羽で、いろいろな種類があって、人の手で文字が書きこんである。はっきりとは読めなかったけれど、採集地の座標と日付だったらしい。容器は外国製のライムエードの瓶だったんだよ。それで、もとの持ち主は船乗りじゃないかと推測したんだって。ライムエードは海上生活をする人には欠かせない飲料だから」

千菊が「おとうさん」と云うのはむろん柾《まさき》のことだ。兄弟に聞かせる話——真実かどうかはあまり重要ではない——が、いちいちちがっているのは柾の謎のひとつだった。千菊はそれを年齢差だと思って気にしない。桜蔵はかつて柾に直接問いただしたことがある。男女の差だと説明があった。——おれも男だけど、という反論は無視された。

「それが先月、返信が届いたんだ」

やや唐突に千菊はそんなことを云い、かたわらにおいたデイパックからファイルをとりだした。

「返信ハガキといっしょに、これが送られてきた」

斑犬《ぶちいぬ》の写真である。

〈きのう、散歩中に浜辺で瓶をひろいました〉と余白にマーカーで書きこまれていた。

桜蔵は面倒を予感したが、弟にはそれを悟られないようポーカーフェイスをきめこんだ。斑犬は正面のアングルでカメラをみつめている。撮影者を信頼している眼だ。前脚の半分くらいまで写っていた。

「飼い主の住所や名前はなくて、犬の名前もなし。わかるのは採集地として記された海岸の名称だけ」

それがこれから向かう海岸であるのを、桜蔵はこのときはじめて知った。

「おれなら、地図上の点にとどめておくけどな。先方だって、そのつもりで住所を書いてこないんだ。つながりたくないのさ。いまの世の中、ほうっておけばどこのだれとでもつながってしまうけど、そういうことを厭《いと》う人間も少なからずいる」

「でもね、おなじ日におなじ海岸でべつの事件があったとしたら?」

「それなら、なおさらほうっておく」

桜蔵は写真の犬のハーネスに「C」の装飾があるのをすでに確認していた。

「おなじ海岸で腐乱した水死体がみつかったんだって」

いつのまにか、千菊は〈腐乱〉だの〈水死体〉だのということばを平然と云ってのける若者になっている。

柾の息子として医学部進学を意識しているのだからそれは自然のなりゆきでもあるのだが、桜蔵は話題の主軸よりも弟の成長ぶりのほうにおどろかされた。ついこのあいだまで、死のイメージがつきまとうところ——慰霊碑や霊山、遭難現場——などを怖がる少年であったのに。いっぽうで、サイレンの音を聞きつければすぐに駆けだしてゆく少年でもあった。

「ややこしいことに関わるな。警察にまかせておけ」

「実はもう県警の人がきたんだ。ウチに。それで水死体のことを知ったんだよ。新聞には出ていないんだ」

千菊の話はますます怪しくなる。

「その警官はどうやってウチの住所を知ったんだ？　瓶をひろった人物が特定されていないのに妙じゃないか」

「たぶん、ぼくが役所や観光案内所に問いあわせをしたからだよ。二年ぶりに出現した瓶の漂流ルートを調べるつもりで、地形図はどこで手にはいるかとか、満潮時刻とかを訊ねたんだ。翌日、さっそく刑事が訪ねてきた」

「ずいぶん連携が強固な町だな。行政は縦割りが常なのに。ついでに、その刑事に瓶のひろい主をさがしてもらえばよかったのに」

「たのんでおいた。でも、その後連絡がないんだ」

「もうかかわるな、ということさ」

「奇妙なことはまだあるんだ」

千菊はこの展開にすっかり夢中になっている。桜蔵はしばらくつきあうほかはない、とあきらめた。

「犬の写真といっしょにもどってきた返信ハガキだけど、実はぼくが出したものじゃなかった。もっと古かったんだ。ぼくのハガキだとしても二年もまえのものなんだけど、送り返されてきたのは三十年くらいまえに在学した先輩たちが書いて瓶に封入したハガキだったんだ。そのあいだ瓶は漂流をつづけていたんだよ」

理系のわりに――あるいは、だからこそかもしれないが、千菊は桜蔵よりはるかにロマンティストだった。

「千菊、落ちつけよ。それならなんでそのハガキがウチに来るんだ？　はるかな先輩も返信ハガキにウチの住所を書いたのか？」

「蔵兄《くらにい》は忘れてるんだね」

「なにを？」

「三十年まえなら、お祖父《じい》ちゃんが理科部の顧問だったってこと」

「……そういえば」

　桜蔵と千菊の祖父は兄弟が生まれるまえに亡くなっているのだが、桜蔵が卒業し、千菊が現に通っている学校の理科の教師をしていた。ついでに、柾もその学校の卒業生である。理科部でもあった。

　だとすれば、まちがいなく柾も瓶流しにも関わっていたはずである。そこに気づいた桜蔵は小さく嘆息した。またもや柾がらみの何ものかの執念にたどりつくことが確実だからだ。

「どうかした？」

「……千菊のさっきの話では、東京湾にそそぐ河川の水は、おおよそ一ヶ月で湾外へ出るんだろう。それなら、瓶もそのルートで流されて、とっくに黒潮かなにかにのって運ばれていったんじゃないのか？　アラスカとかそっちのほうへ」

「どこかのテトラポッドや岩礁に引っかかっていたのかも」

「三十年も？　まあ、ありえなくもないが、もっと現実的な解釈をすべきじゃないかな」

「たとえば？」

「だれかがかつて拾ってそのままにしていたのを、気まぐれを起こしていまさら返信したとか」

「ぼくもそれは疑ってみた。でも、ギネスブックに百年ちかく漂流していた瓶の記録があったから、三十年はじゅうぶんにありうると思うんだ」

千菊の野望はだれかとつながる奇跡に傾いてゆく。水死体に事件性はなく、溺死《できし》と判断されたが身元を特定するものを所持していなかった。そこで、刑事はわずかな手がかりをもとに、千菊を訪ねてきたのだ。

「いつの話だっけ？」

「二週間ぐらいまえ」

「ハガキはどうした？」

「刑事さんが預からせてほしいと云うから、渡したんだ。身元さがしに協力すべきだろう？　だからもう手もとにない。一応、写真はとっておいた」

「瓶は？」

「もともとない。送られてきたのは犬の写真とハガキだけ」

桜蔵はもう一度、犬の写真をながめた。

「犬の眼に、撮影者が映っているかもしれないな。拡大してみればわかるかも」

「……ほら、蔵兄も気にしてる」

「もののついでだ。いくぞ」

ふたりは、休憩を切りあげて出発した。

6

房総半島へ渡ったのちは、しばらく内陸のルートを通って南下した。だから山地を訪れた気分になる。

半島の先端まで切り通しの道路を走る。途中は墓地とゴルフ場ばかりで、ようやくひらけた半島の突端に今夜の宿がある。

チェックインをするにはまだ早い。桜蔵はそのまま海沿いの道路へでて、昼食をとる店をさがしながらドライブした。冬の海辺はほとんど人影がない。ちらほらと釣人がいるくらいだった。

浅瀬に点在する岩礁は、状態によって屏風《びょうぶ》だの桟敷だの洗濯板だのと、さまざまに呼ばれている。積みあがった座布団といった具合の岩もある。それは隆起によってアーチ状にゆがんだ地層の要《かなめ》の部分が脱落したのだ。それで、両側に盾のようにならんだ岩との高低差が生じている。いずれももとはおなじ地層をなしていた。気の遠くなるほど長い年月をかけてできあがった天然の造形なのだ。

沿道の食堂の立て看板に〈むら雲玉子〉と大書してあった。千菊は、後部座席で腰を浮かせている。桜蔵は食堂の筋向かいにある駐車場へ車をいれた。玉子ならばなんでも好物というくらいに玉子料理が好きな千菊だが、その道をきわめているわけではない。道路を渡りながら桜蔵は弟に訊ねた。

「むら雲玉子がどういうものかは、知ってるんだよな？」

「……実は知らない。つゆをはって、卵白を泡立てたのを雲みたいに浮かせたものじゃないかと連想してるんだけど」

「つゆに海苔《のり》とシラスをちらして、それを玉子でとじた椀《わん》だ」

「おいしそうだね」

店に入ったふたりは、窓側の座敷にあがった。窓ごしにみえる露台の階段をくだればもう海岸だった。櫛《くし》状の岩がたいらにひろがる磯《いそ》は、いまや少しずつ波をかぶっている。満潮時にはすっかり沈んでしまうという。

真冬の平日であるからか、食堂もすいている。桜蔵と千菊はそろって、むら雲玉子の吸いものがつく金目鯛の煮つけ定食を頼んだ。

桜蔵は注文するまえにご飯を小盛りにするかどうかを弟に訊ねた。ふつう盛りでい い、という返事だった。ここでもまた、桜蔵は弟が一人前をたのむほど成長していることに目をみはった。

そういえば背も伸びている。千菊はいつのまにか手足の長い若者になっていた。かろうじて上背は桜蔵のほうがまだいくらかまさる。だが、そう遠くない日に追い越される勢いだった。柾から千菊へ、着実に骨格の継承がなされている。

むら雲玉子は土地柄によって、つくりかたがことなる。白子につゆをはって雲にみたて、たっぷりの海苔を浮かべて玉子でとじる椀もある。酒呑みの椀だから、千菊にはまだ早い。いずれこの弟も、父の柾のように素知らぬ顔をして酒杯をかさね、酔うより酔わせることを愉《たの》しむようになるのかと、桜蔵はそんなことを思う。

「海はもう春なんだね」

千菊は声をはずませた。その勢いで、新しくお茶をいれてくれた店の若女将《おかみ》に、犬の写真が撮影された海岸の場所をたずねている。――七、八分歩いたところ、という返事だった。桜蔵は、その海岸に駐車場はあるかと訊いた。

「ここに停めたままでいいわよ。きょうは空いているから。それに遊んでもどってきたら、おでんぐらい食べたくなるでしょ？　うちのはいい出汁《だし》よ」

それで話がつき、桜蔵と千菊は食堂をでて海岸をあるきだした。犬の散歩をしている人とすれちがうたび、千菊はその犬に注目する。犬を手がかりに捜すつもりなのだ。

「探偵の王道だな」

からかわれて、千菊は拗《す》ねた顔をする。

「しばらく自由行動にしようよ。あの食堂に集合する時間だけきめて」

「了解。だったら四時に集合だ。それでいいか？」

うん、とうなずいて駆けだす千菊をみおくり、桜蔵はきびすをかえした。さきに食堂へもどって窓ごしにみた岩礁のあたりをぶらぶらして過ごすつもりだった。若女将が笑って迎えた。

「別行動なの？」

「子守はいらないって」

「あそこの座布団をならべて昼寝してもいいわよ」

若女将は、隅に重ねてある座布団をさした。

「厨房《ちゅうぼう》は四時まで休憩なの。食事はだせないけど、口さみしいときは売店の菓子パンをどうぞ。店番のおばあちゃんに云って」

菓子パンやスナック菓子がならんでいる棚をさして、若女将は奥へむかった。桜蔵は海辺をのぞむ窓ぎわに座布団をならべた。

海岸の岩場を、犬を連れてあるく人がいる。人も犬もこの地形になれているらしく、櫛のようにすきまが連なる岩場でも足をとられることがない。そこでは櫛の歯の奥まで波が寄せて、そのたびに行き場を失くした海水が高く水しぶきをあげた。

犬には斑がある。あれこそ写真の犬ではないかと思い、桜蔵は食堂をでて海岸へおりてみた。飼い主は四十代ぐらいの女の人だ。リードに余裕をもたせて、あるていど犬の自由にさせている。

あれなら、瓶を拾ってくることもあるだろう、と思いながら桜蔵は犬を目で追いかけた。ハーネスの装飾をたしかめたくなり、近づいてゆく。

岩場はあるきにくいうえ、太陽の反射もまぶしく、目をあけていられないほどだった。女の人の足は速く、距離はなかなか縮まらない。

澄んだ海中に階段が沈んでいる。満潮で船着き場が冠水しているかのようだが、それもまた自然の地形である。水平に重なりあった地層がずれ、さらに隆起してたちあがり、断面をそのままに水没したのだ。

桜蔵が足もとに気をとられているあいだに、女の人と犬は海岸をはなれて遊歩道を走っていた。桜蔵もいそいであとを追った。風が強い。うっかりして帽子を飛ばした。たちまち二十メートルほど後方へ飛んでゆく。それをひろっているあいだに、女の人と犬を見うしなった。

彼らを最後にみかけた方向へ、桜蔵も歩いてゆく。遊歩道はやがて国道と合流する。道をはさんで、畑や民家がある。一帯はゆるやかな斜面で、奥まった住宅ほど標高も高くなり、そのまま山の傾斜と重なる。

四時にはまだすこし早い、と思っていたら、桜蔵の端末に千菊の通信が届いていた。待ちあわせ時間をもう三十分遅らせてほしい、という内容だ。なにに夢中になっているんだか、と思いつつ「了解」と返信する。

桜蔵はさきほどの食堂へもどって昼寝をすることにした。だが、その途中で船の舳《へ》先《さき》のような外観の「船田医院」をみつけた。

7

医院の扉に「臨時休診」の張り紙がでていた。V字路のいっぽうの小径《こみち》は奥まった母屋につづいている。そちらに人の気配があった。

しかし、小径の入り口には門柱もドアホンもなく、ただ飛び石があるばかりだ。建物のようすは桜蔵がエレベーターで「直行した」ときよりも古色をおびている。彼はそれを意外とは思わなかった。あるていどは予想していたことだ。

思いきって訪ねるべきかどうかを迷っていたとき、犬の吠え声がした。まもなく、奥から斑犬が走りでてきて吠えた。桜蔵をあやしんでいる。つづいて、女の人があらわれた。犬を叱って、足もとへ坐らせた。

「ごめんなさい。きょうは父が出かけていて臨時休診なの」

「こちらこそ、失礼しました。診察でお訪ねしたのではないんです。めずらしい建物だと思って」

「よくそう云われるの。釣り人の目印にもなっているみたい。ここの正面の磯は人気のスポットなのよ。釣りはする？」

いいえ、と答えながら、桜蔵はかすかに鈴の音を聞いた。だが、犬は鈴をつけていない。指が疼くように思った。犬はおとなしくお坐りをつづけている。

「……実は犬をさがしていました。この子に似ているんです」

桜蔵は千菊と共有している画像を端末に表示した。「お心あたりはありますか？」

「どれどれ」

女の人は画像をのぞきこんで、ああ、とため息をつく。

「あなたが受けとり人？」

「その兄です。……紹介がおくれました。左近《さこん》桜蔵と云います」

彼は名乗るのと同時に、初対面の人に正しく名前を聞きとってもらえた例《ためし》のないことをふまえて、免許証もみせた。

「……由緒がありそうな名字ね」

「もとは地名だと思います」

「わたしは、石堂加奈子《いしどうかなこ》。漢字はだいたい想像したとおりで正解だと思う。旧姓はここの医院とおなじ。名乗らずに送りつけた郵便の件はお詫《わ》びするわ。ごめんなさい。……ことのしだいをお話しするとすこし長くなりそうなの。時間はあるかしら。よかったら家のなかでお茶でもいかが？」

桜蔵は招きに応じることにした。母屋へ導かれる。斑犬はさきにたって駆けてゆく。漆喰《しっくい》壁と太い梁《はり》をいかしたロッジ風の建物だった。通された居間も、暖炉のくりぬきにガスストーブをしつらえてある。そのそばに、さきほどの犬と小学校低学年くらいの女の子がいた。

「チャイと、娘のマナです」

そのマナという子が、仔犬を抱いていた。

「チャイの子どもなの。去年の秋に生まれた子のうちの一匹。うちでしつけをしていたんだけど、来週にはあたらしい飼い主さんのところへ行くわ」

彼女と実母は、この犬種のブリーダーをしている。日本原産のテリア種だ。

「さっきの画像の子はチャイではなく、チャロ」

「……チャロ」

「この系統の子たちはみんなチャのつく名前なの。チャボとかチャコとかチャミとか。でもようはそれぞれなのよ。斑がなくて顔が真っ黒の子もいる。チャロは兄の飼い犬だった」

「過去形なんですね」

「だって三十年くらいまえの話だもの。兄は中学生、わたしは小学生だった」

彼女は壁にかけた額縁のところへゆく。マット紙を丸や四角でくりぬいて窓をつくり、それぞれに、斑の犬と少年少女の写真がはめこまれていた。〈きのう、散歩中に浜辺で瓶をひろいました〉の写真とおなじプリントもあった。

「あるときチャロが、フリスビーのかわりに瓶をくわえてもどってきたの。中に手紙がはいっていた。海流調査をしているので日時と採集地を記入のうえ返信してください、と書いてあったの。それで、当時中学生だった兄は返信したのよ。そうしたら、何日かして差出人の学校の先生が何人かの生徒さんを引率して訪ねてきたの。……左近先生とおっしゃった」

やはりそこへつながるのだ。桜蔵には、教師と生徒の姿が目に浮かぶようだった。

「お父さま？……ってことはないか、三十年まえだものね」

「祖父です。生徒のひとりが、たぶん父です」

「父子《おやこ》でおなじ学校の教師と生徒だったの？」

「いえ、当時は他人です。のちに義理の親子になりました」

「つまり、左近先生の生徒だった少年が、のちに恩師の娘さんと結婚したということね」

「そうです」

　正式には結婚していませんが、と桜蔵は心のうちでつけ足した。

「先生はお元気なの？」

「亡くなりました」

「そうよね。二十年もたつんだから」

　桜蔵はハンドドリップで淹《い》れた珈琲《コーヒー》をふるまわれた。居間には天井板がなく、頑丈そうな梁がむきだしになっていた。その梁に、いくつもの立体凧《たこ》をくりつけてある。

「……あれは兄が設計した凧なの。ああいうことが好きな人だった。細かい図面をひいて、紙を複雑に折りたたんで、切りこみをいれ、さらに複雑に貼りあわせるの。紙だけでできているのに、とても丈夫。それが空中で伸びたり縮んだり回転したり、面白いように変化した。人にじゃまされたくないからって、夜に凧揚げをするの。その凧をあげていたときに、なれているはずの岩場で海に転落したのよ。チャロは助けようとして飛びこんだみたい。泳げないのに。そうしていっしょに遭難した。それが二十年まえ……の今夜。そのまま行方知れずだったんだけど、五年ほどして夜釣りをしていた人が骨を釣りあげた。それが兄の亡骸《なきがら》の一部だったの。すぐに捜索がはじまった。行方不明になった当時はなにもみつからなかったのに、そのときはかなりの骨が発見された。それでも、とうとう頭はみつからなかった。チャロはどこにいるのかもわからない。ここは強風が吹くから、どこか遠くへ流されてしまったかもしれない。……あの古い返信ハガキは、ついこのあいだ父の診察室のひきだしにまぎれこんでいたのを、わたしがみつけたの。たぶん、二十年間そこで埋もれていたのよ。父にもみつからずに」

　ここで、加奈子はためいきをついた。

「兄はハガキをだしていなかった。直接、あの住所を訪ねて左近先生と知りあったんだと思うの。そうして、ある人に出《で》逢《あ》い、恋に落ちた。そう書いてあったわ」

「……ハガキに？」

「ハガキといっしょにあった遺書らしきものに。兄がそういう傾向の人なのは、うすうす気づいていたけれど、だったら相手もそういう人を選べばいいのに、かなわない人に思いをかけてしまうなんてね。両親にはそんなことを知らせないでおこうと思って遺書はわたしが握りつぶした。そのとき、ふと返信してみたくなったの。差出人の名前がなければ、先方では受けとらないだろうし、もどってもこない。最初の瓶とおなじく、手紙もどこかへ漂流するだろうって。……そんな気持ちだったの。チャロの写真を同封したのは、どこかにいるあの子の魂にとどいてほしかったから」

　その願いはかなえられたのだ。

「ウチの母はたいていの郵便物を怪しまずに開封してしまうんです。商売をしているからでもありますけど、たんに粗忽《そこつ》もので」

「軽はずみなことをして、ごめんなさい。ご両親には内緒にしておいてくださる？」

「ご心配なく。ここだけの話にしておきます」

「ありがとう」

「弟は思いがけないできごとをよろこんでいました。自分の流した瓶への返信ではなくても、漂流物が見知らぬだれかにつながる可能性を確認できて」

「わたしの兄はつながる相手をまちがえたけどもね」

いいえ、と桜蔵は心のなかで反論した。――お兄さんは正しく女としてふるまい、相手もそれを拒みませんでした――と。さらに云うなら、遺書は当人の没後に当人によって書かれたものだ。心残りだったチャロと出逢えて、ようやく彼《か》の地に落ちつけるということだろう。

　まもなく四時半になる。千菊と待ちあわせた店へもどる時間だった。桜蔵は、ごちそうさまでした、と云って席をたった。

「こんどチャイと海岸を散歩するときは、弟さんの流した瓶が漂着していないかどうか、気にしてみるわ」

8

食堂では、さきにもどった千菊が窓側の座敷に陣取って、ひとりでおでんを食べていた。

「犬は見つかったのか?」

「からぶり。でも、ひとつわかったことがある」

千菊は窓の外を指した。

「おとうさんは会合にでかけていなかったんだ」

その男は、海岸で凧をあげていた。桜蔵には懐かしい立体凧を巧みにあやつっている。会合は医師会の主催でもなく開催地も伊豆ではなかった。おそらくこの房総半島のどこかにある船田家の墓所で人知れずおこなわれたのだ。

千菊は柾からもらったらしい凧の設計図を、熱心にながめている。すでに興味はそちらへそれつつある。

「水死体の件はどうした？」

桜蔵にうながされて、千菊は図面から顔をあげた。

「それがね、だれもそんな事件は聞いたことがないって云うんだ。ここしばらく、このあたりの海岸で死体があがった話はないって」

「それなら刑事はなんでウチを訪ねてきたんだ？」

「だよね」

「どんな人物だった？」

桜蔵にはおおよその察しはついていたのだが、念のために訊いてみた。

「若い人で、メガネをかけていて髭《ひげ》はなくて、……どうしてだろう。ほんの二週間ほどまえのことなのに、なんだかよく思いだせないな。ずっと昔のできごとみたいだ」

それでいいのだ、と桜蔵は思う。この界《よ》にいるはずのないものが姿をあらわした、などと千菊が気づく必要はない。

〈彼〉は自分の宝物である返信ハガキを回収しにきたのだ。柾は彼を拒まなかったはずで——柾の嗜好《しこう》は桜蔵も熟知している——、自ら命を絶つ理由もなかった。転落は不慮の事故だったろう、と桜蔵は思う。だからこそ、魂もこの界をはなれられずにさまよっていた。チャロを道づれにした悔いもあった。愛犬と再会したいま、あらためて自らの死と向きあい、遺《のこ》された家族へのあいさつ状として、彼はもっともらしくかなわない恋を嘆く遺書を捏造《ねつぞう》したのだ。それを書いたのは、桜蔵の指に刺さった釣り針をぬいてくれたあの治療のあとである。

「蔵兄はなにしてたの？」

「おいしい珈琲をのんできた」

「ふうん」

　その晩は柾も合流して、兄弟とおなじ宿に泊まった。千菊がひとりで大浴場へいっているあいだ、桜蔵は柾をあいてに〈頼まれてもいない調査〉の報告をした。

「二十年くらいまえに、泣かせた女のことだけど」

「そんな昔のことを、おまえにとやかく云われたくないな。泣かせたおぼえもないし」

「でも、墓参りは行くんだね」

　桜蔵は人工島のエレベーターのなかでひろった守り鈴を柾にみせた。

「おぼえがある？」

「おまえのぬいぐるみのためにつくった。私はそういうことが案外好きなんだ」

たしかに柾は手さきが器用である。桜蔵もそれは認める。鈴がハンドメイドだとは思わなかったが、だからこそ依《よ》りしろともなり得たのだ。

「ほかの犬にもつくったんだろう？」

「……犬ではないさ。チャロというのはもともと彼の呼び名だったんだ。千《ち》早《はや》という名で」

「なるほど」

「……車を貸せ。ちょっとドライブをしてくる」

コートを着こむ柾にむかって、桜蔵は車の鍵を投げた。

「船田医院のまえの浜辺だよ。堆砂帯に切れこみがはいった岩がある。その奥にいた」

「あの海岸は二十年まえも、さんざんさがしたのに」

「そのあとで流れついたのかもしれない」

「運び屋がいるらしいからな」

「なりわいにしているわけじゃない」

「……礼を云う」

「どういたしまして」

柾がもどったのは、午后十一時を過ぎたころだった。千菊はホテルの屋上で開催中の星空観測会に出かけ、部屋にいるのは桜蔵だけだった。

「おまえは行かなかったのか？」

「柾は気づいていないかもしれないけど、千菊はもう子守の必要がない年齢なんだよ」

「……つまり女がいる？」

「そう考えるのがふつうだ。あんなふうに別行動を好むのは。ただし、一般的な意味の女だと思う」

「それはなにより」

窓ごしの夜景をながめながら、柾は——みつかった、とだけ報告した。犬のチャロもいっしょだったと云う。柾はそれを船田医院に知らせ、家族がかけつけて引きとった。

帰路は柾に運転をまかせ、桜蔵は後部座席に乗った。千菊は助手席である。桜蔵は後部座席のアームレストのなかにある本を見つけた。図書館のバーコードつきだ。遠子がさがしていた本だろう。『仔犬の飼い方』とある。

「……仔犬？」

「そういえば、そんな話をしていたかもしれない」

柾はとぼけているが、そもそも桜蔵が幼かったあの日の旅は、仔犬をひきとる旅であったのかもしれない。桜蔵の誕生日もまもなくというころだった。ただ、あの晩は千早の骨の一部がみつかって捜索がおこなわれ、船田家の都合が悪くなったのだ。

「だれが仔犬の散歩にいくんだろう」

桜蔵はわかりきったことを口にしてみた。柾は答えるかわりに、――この守り鈴が役だつだろう、と例の鈴を投げてよこした。桜蔵はそれをキャッチする。

翌週、遠子はブリーダーから仔犬をひきとってきた。もちろん、マナという子が抱いていたあの斑の仔犬だった。

解説　夢文学としての左近シリーズ

門賀《もんが》美《み》央《お》子《こ》

左近《さこん》桜蔵《さくら》。

この魅力的なキャラクターが世に現れてから、はや十三年の年月が経った。

だが、物語の中ではもう少し緩やかに時は流れ、第一作『左近の桜』の冒頭で十六歳の高校一年生だった彼は、三作目となる本作でようやく大学に進学。生家を離れ、新しい環境で暮らし始めている。

しかし、行きずりにこの世ならぬものとシンクロし、此岸《しがん》と彼岸の境目をひょいと超えてしまう体質は相も変わらず。本書でも異界の住人たちと遭遇しては、生と死の間《あわい》に入り込む。

左近シリーズは、そんな桜蔵が体験する幻夢を綴《つづ》る連作短編集だ。そしてそれは、本シリーズが人類最古の文学形態である「夢文学」の正統な嫡子であることを意味する。

原始のいつの頃にか、人類は言葉を編み出し、時間という概念を持つようになった。その二つが結ばれ「歴史」が誕生した結果、人類は単純な因果律では動かない不可解な世界の在り様を、想像力を駆使して説明しようとしはじめた。

「神話」の誕生である。

そして、その中において、夢は常に重要な役割を果たしてきたのだ。

たとえば、人類最古の神話「ギルガメシュ叙事詩」では、大きな出来事が起こる前に必ず予兆としての夢が語られる。無二の親友、というか恋人といいたいほど親密な半人半神のギルガメシュと獣人エンキドゥは、お互いが各々の運命に関わる夢をたびたび見、それによって宿命としての死に導かれていく。桜蔵が、ひろってきた何者かの死を夢で追体験するように。

今よりもっともっと日常と死が近かった時代、夢は運命、とりわけ重大事である「死」の兆しを探る、重要なツールだったのだ。

だからこそ、黎明期《れいめいき》の人類は夢の解釈に心血を注いだ。

紀元前十二世紀にはすでに古代エジプトで夢解釈の手引書が編まれている。それらは古代ギリシャや古代イスラエルの社会に流れ込み、ヨーロッパから西アジアの文化に大きな影響を与えていった。

東洋でも同じく、夢は神々からのメッセージだった。中国古代の殷《いん》王朝では、占夢は単なる夢占いではなく、国家の吉凶を知るための手段であり、政治上重要な判断材料だった。殷が滅んだのは紀元前十一世紀半ば頃とみられているので、古代エジプト「夢の書」が成立した時期とほぼ重なる。夢と人類の関係性が洋の東西を問わぬという証左になるだろう。

夢は誰でも体験できる、もっとも身近な「神秘現象」だ。現実にはあり得ない出来事がごく当たり前に起こり、時には見たこともない景色を目の当たりにする。遠く離れて住む人、さらに今は亡き人にさえ会える。

現実とは異なる理《ことわり》が支配する世界が、あたかも実在するように感じられるのだから、精神分析や脳科学の知識がなかった二十世紀以前の人類が、夢とは人智を超えたもう一つの世界からのメッセージ・ヴィジョンであると考えたのは無理もない。

そういうわけで、数千年前には夢の解釈法を手に入れていた人類だが、時代が下るにつれ、「夢のお告げ」は少しずつ政治を離れ、個人の体験として記録されるようになっていった。

そして、中世日本。ちょうど平安《へいあん》時代から鎌倉《かまくら》時代に入る頃に、夢のエキスパートが現れた。

仏教僧の明恵《みょうえ》である。稀代《きたい》の名僧として知られる人だが、現代では紅葉の名所として名高い京都・高山寺《こうざんじ》中興の祖、というのがもっとも通りのよいプロフィールだろうか。しかし、彼が真に歴史上特筆すべき人となったのは、十九歳から約四十年書き続けた夢記録「明恵上人夢記」に因ってだろう。

明恵は一一七三年、紀州（現在の和歌山県）に武士の子として生まれたが、幼少時に両親を失い出家。始めは東大寺《とうだいじ》など当時の仏教の中心地に学ぶも、二十二歳頃から紀州の白上《しらかみ》や京都の栂尾《とがのお》といった奥深い山中の寺で修行生活を送るようになった。学識豊かで怜悧《れいり》な頭脳を持つ一方、感受性が非常に鋭い人だったようで、たびたび神秘体験をしている。その上、とても純粋な心の持ち主でもあった。大の大人になっても、いつも拝礼している釈迦《しゃか》如来像に宛てて旅先から「はやくあなたに会いたいです」と本気のお手紙をしたためてしまうほどに。

ところが、そんな純粋性が暴走すると、時には狂気の域に至った。その最たるものが、二十六歳で自ら右耳を切り落としてしまった事件だ。

なぜそんなことをしたのかはさておき、すでに本篇《ほんぺん》を読んだ方なら「おや？」と思ったかも知れない。そう、第一章のタイトルは「その犬に耳はあるか」であり、作中、とあるアクシデントに遭遇した桜蔵が父・柾《まさき》に助けを求めて電話した折、柾が発した問いが「その犬に、耳はあるか？」、そして「飼い主のほうはどうだ？」なのだ。

この問答があった直後、桜蔵は夢の中＝あの世とこの世の境目に引きずり込まれてしまうのだが、なぜ柾がこのような問いを息子になげかけたのか、理由は明記されていない。ただ、結末を見る限り、少なくともここまでは現実での出来事だったらしい。柾は、耳の有無で何を確認しようとしたのだろうか。夢のエキスパートたる中世の僧に耳がなかったことは、関係しているのだろうか？

左近シリーズの世界に仏教的なモチーフは似合わない、と思う向きもあるかもしれない。だが、続く「この川、渡るべからず」は、あきらかに仏教的な異界観である三《さん》途《ず》の川と、その畔《ほとり》にいるという懸衣《けんえ》翁《おう》と奪衣《だつえ》婆《ば》を長野流に仕立て直した物語だ。桜蔵を夢に引きずり込む「耳がない何か」の後ろに明恵のイメージが揺曳《ようえい》していても、おかしくはない。

さらに、犬もポイントである。犬は夢解釈において死の世界に直結する象徴とされている。黒い犬は特に不吉で、陰険な謀略と災いを意味するそうだ（現実の黒いワンコが、黒猫同様にただ可愛いだけなのは言うまでもない）。

また、神話では犬やイヌ科の動物は死に関連付けられることが多い。特に、女神が連れている犬。古代ギリシャの月の女神アルテミスに付き従う猟犬たちは命令ひとつであらゆる生き物を八つ裂きにするし、死の女神ヘカテの眷属《けんぞく》は犬だ。北欧神話の死の女神ヘルは月の狼に死体を食べさせることでその霊魂を死後の世界に運ぶ。インドのヴェーダでも、死の門は女神が司り、二頭の犬がそれを守るとされている。つまり、女と犬という組み合わせは「死」そのものなのだ。

このように、本書の各話に登場するあれこれを古来の夢解釈や神話と照らし合わせると、背景に人類が何千年と見続けてきた「夢」の欠片《かけら》が浮かび上がってくる。

さらに、もう一つ。現実と夢が境目なく繋《つな》がる物語構造は、日本の中世に描かれた絵巻物における夢表現と通ずる。

絵巻物では、時間の流れを描くにあたり、異なるタイミングで起こった複数の出来事を一つの場面の中に描き込む異時同図法が使われるが、夢を描く場合も同じ手法が取られる。つまり、絵巻物の中では「ここまでは現実」「ここからは夢」と区別することがないのだ。桜蔵が夢に入り込んでいく場面と同じように。

近代になると、夢は完全に個人の持ち物となり、心理解釈の道具となっていった。それがゆえに数多《あまた》の文学者が夢文学を手掛け、夢について書き残しているのだが、そんな中の一人、芥川龍之介《あくたがわりゅうのすけ》はその名もずばり「夢」と題した手記の中で次のように述べた。

世間の小説に出てくる夢は、どうも夢らしい心持ちがせぬ。たいていは作為が見え透くのである。（中略）夢のような話なぞと言うが、夢を夢らしく書きこなすことは、いいかげんな現実の描写よりも、かえって周到な用意がいる。

もう多言は不要だろう。本シリーズがいかに「周到な用意」の上に書かれているかについては、すでに見てきた通りだ。本シリーズを「人類最古の文学形態の正統な嫡子」とした理由は、これでおわかりいただけたのではないだろうか。思えば、著者のデビュー作である『少年アリス』もまた、夢文学だった。

長野まゆみという現代屈指の幻想の紡ぎ手が見せる夢にただ酔うも良し、そここに漂う夢の破片から何かを読み取って楽しむも良し。

私としては、気分にあわせて読み方を変えながら何度も再読し、今はただ桜蔵が見る次の夢に見《まみ》える日を夢見て待つばかりである。

本書は、二〇一七年十一月に小社より刊行された
単行本を加筆修正のうえ、文庫化したものです。

さくら、うるわし

左近《さこん》の桜《さくら》

長《なが》野《の》まゆみ

令和3年 1月25日　初版発行
令和6年 11月15日　再版発行

発行者●山下直久

発行●株式会社KADOKAWA
〒102-8177　東京都千代田区富士見2-13-3
電話　0570-002-301(ナビダイヤル)

角川文庫 22502

印刷所●株式会社KADOKAWA
製本所●株式会社KADOKAWA

表紙画●和田三造

ISBN 978-4-04-109968-1　C0193

角川文庫発刊に際して

角川源義

第二次世界大戦の敗北は、軍事力の敗北であった以上に、私たちの若い文化力の敗退であった。私たちの文化が戦争に対して如何に無力であり、単なるあだ花に過ぎなかったかを、私たちは身を以て体験し痛感した。西洋近代文化の摂取にとって、明治以後八十年の歳月は決して短かすぎたとは言えない。にもかかわらず、近代文化の伝統を確立し、自由な批判と柔軟な良識に富む文化層として自らを形成することに私たちは失敗して来た。そしてこれは、各層への文化の普及滲透を任務とする出版人の責任でもあった。

一九四五年以来、私たちは再び振出しに戻り、第一歩から踏み出すことを余儀なくされた。これは大きな不幸ではあるが、反面、これまでの混沌・未熟・歪曲の中にあった我が国の文化に秩序と確たる基礎を齎らすためには絶好の機会でもある。角川書店は、このような祖国の文化的危機にあたり、微力をも顧みず再建の礎石たるべき抱負と決意とをもって出発したが、ここに創立以来の念願を果すべく角川文庫を発刊する。これまで刊行されたあらゆる全集叢書文庫類の長所と短所とを検討し、古今東西の不朽の典籍を、良心的編集のもとに、廉価に、そして書架にふさわしい美本として、多くのひとびとに提供しようとする。しかし私たちは徒らに百科全書的な知識のジレッタントを作ることを目的とせず、あくまで祖国の文化に秩序と再建への道を示し、この文庫を角川書店の栄ある事業として、今後永久に継続発展せしめ、学芸と教養との殿堂として大成せんことを期したい。多くの読書子の愛情ある忠言と支持とによって、この希望と抱負とを完遂せしめられんことを願う。

一九四九年五月三日